Musician | Solitude | Novelist 下

Author | JittiRain   Illustrator | MAE

Translator | 舒宇

下 contents

Musician | Solitude | Novelist

第十一章

我心紛亂（有時候）

有些時候，這世界異常混亂。

有些時候，一成不變的生活會因一個人而增添許多色彩。

而有些時候，我們沒有意識到自己不經意地做了什麼，卻讓別人的笑容快要裂到耳朵旁邊，就像是現在。

「結婚！結婚！！結婚！！！」

結你個大頭鬼啦！！！

坦白說，店裡現在震耳欲聾的音樂聲可能還比不過我這桌傳出的鼓譟及喧鬧聲。我一個不小心就把內心的想法脫口而出了，但時間無法倒流，我也無法再回去校正這一切了。

我整個掌心都被手汗浸濕了，並在周遭朋友揶揄的目光裡，被Yuk的大手抓去握緊。

啊啊啊啊！誰都好，快來把我吸進地獄吧！越快越好，在我臉丟得更大之前！

「要回去了嗎？你應該醉了。」Yuk在這種事情上面超聰明的，無論每次我遇到什麼難堪的狀況，他都是第一個牽著我的手、帶我遠離的人，這次也不例外。

「嗯。」我毫不猶豫地點點頭。

「那各位，今晚我要先帶Chayin回去了。」低沉的嗓音很平常

地說。

「吼～～～是要去哪裡續攤？兩個人單獨去約會嗎？」

「囉嗦！」

「哇嗚～不鬧也行。Chayin 你先回去吧！之後看怎樣再約。」Bird 邊說邊擺手趕人。我現在的表情經不起任何一個玩笑，只想把頭埋進肥料袋裡啦，媽的！

隨興地跟同桌友人告別之後，我就趕緊跟在大個子後面走了。來的時候是勞煩 Ryu 去接，而回程，我又跟作家黏在一起。又是一場殘酷的殺戮。

車內的氛圍被沉默壟罩，我的手在膝蓋上敲著，腦子裡努力反覆思量著各一件事，到底是什麼促使我有思考並說出那樣的話呢？也許是一小段時間的困惑，又或者是因為現在正在面臨的壓力，好幾個可能在打架，讓我覺得混亂，最終不想再為了它們頭痛。

大熊是誰已經不重要了，只是一段時間的記憶而已，遭遇、記憶，然後分開。如果哪天有機會見面，我們也許只能笑笑，然後說句謝謝，謝謝他讓我一成不變的生活變得不像以前那樣寂寞，就只能這樣。

不過我擔心這件事好長一段時間的原因，大概是因為在 MSN 到期前，對方說他喜歡我這樣。

有……這種經驗過嗎？當遇見一個人或跟他聊天時，我們並沒有那麼喜歡他，但當他一說喜歡我們，對他的好感立刻就攀升，我大概也不例外吧。

或許是容易心動、或許是疑惑不解到偶爾想來會覺得可憐……

那我對 Yuk 呢？是真的喜歡，對嗎？

還是，我會說出那種的話，只是因為那傢伙也說了喜歡我而已？

這個問題一直懸在我心裡，直到我選擇用敞開心房去尋找答案，我也想知道我們兩個可以走多遠，但在那之前，先幫我找方法去除我現在的羞怯吧！

可惡！Yuk 一沉默，我就也不知道該怎麼辦了，也許他心裡也輕飄飄的吧，看他笑了又笑、一笑再笑有好一陣子了。

「你是怎樣？」像我這種心癢的人，是無法憋著不問的。

「沒事。」看他回答的。

「看你在笑。」

「就很高興啊，你說喜歡我。」

「哪……哪是啊！那叫做對你敞開心房才對。如果我給了你機會，我就不會再跟別人約會了，真的只是這樣而已。」我說了這麼長一串，希望他有明白。

「就算是那樣也罷，我還是很高興，你沒有那種感覺嗎？」他側臉轉過來看了我一下後，才轉回去注意面前的路況。

「沒有。」

「也許哪天你就會高興了。」

「不確定，先看我們之間可不可能吧。你別忘了，我很久沒談戀愛了，而且我也是男的，還有很多事情需要學習。」

「我也一樣，一切都跟你一樣，所以我們來一起學習吧。」

就像泰文課的 Pongsri 老師曾經教過的那樣，我們來一起學習

吧！呿！

「嗯，大概得這樣了吧。」

「Chayin，請多多指教。」

「你也是。」

我過於想知道廢柴詞曲創作人的生活跟披著殺手皮的作家會是什麼模樣了，或許會很不錯，也可能會一團糟，但我已經將恐懼驅趕出我的心裡了，不管將會是好或壞、得償所願或者得到傷痛，我們分別都得接受最終的那個答案。

Yuk送我到房門口後，他就回去了。放縱自己躺在床上不久後，房門又被敲了一回，我兩邊的眉毛疑惑地皺在一起，媽的，那傢伙是忘了什麼嗎？邊想邊拖著腳往門口走去，沒想到站在門外的人不是Yuk，而是Ryu。

「怎麼回來呀？」Ryu站著不動，在回答之前，先給了我一個帥帥的笑容。

「我有重要的事情想跟你聊，可以進去嗎？」

我搔了搔頭，但還是讓對方走進屋內，高個子坐到沙發上，在此同時，我花了好一陣子埋頭撿拾散落在地板上的各種文明遺跡。

「不好意思，我不太常收拾家裡。」他每次來接我，都是在樓下等，不像Yuk有看過這幅景象。

就……對方大概習慣這些了啦，但跟Ryu卻不是這樣啊！

「沒關係啦。」

「會渴嗎？等我一下喔！」不等他的回答，我立刻衝向冰箱，

很快地拿出飲料來待客。

「Chayin，你不用對我那麼客氣。」Ryu的聲音讓我頓了一下，才將水瓶放到桌上，並轉頭看了說話的人一下下。

「你都來了。」

「來聊一下吧，我有重要的事要跟你說。」這次的臉比原本更沉了，嘖！帶著一點好奇的心，我走向半新半舊的沙發，然後在個子較高的人旁邊安分地坐下。

「有什麼事嗎？」這麼晚了還能拖著身體來找我，我想大概不是什麼小事。

「你……你真的喜歡Yuk喔？」

靠！這是什麼鬼問題啦？

「Ryu，你是怎麼了？怎麼會問這件事？」

「回答我吧！」

「我還不確定，但也沒有想制止自己，就……慢慢試試看吧。」

「那我問你，你以為我是在MSN跟你聊天的那個人，這就是你願意出來跟我見面、跟我一起去各種地方的原因，對嗎？」

這個問題讓我愣了好幾秒，開始覺得自己做錯事了，混蛋！

「Ryu，我很抱歉，但一部分大概真的是那樣，我真的很糟糕，以為我們先前就很熟了，所以才……」我說不出話來，同時旁邊的人插進來說：

「不是不是，我不是那樣想的，只是想來問個清楚，然後也有事情想告訴你。」

「嗯。」

「我不是你的什麼大熊，但就算不是，我也喜歡你，跟 Yuk 沒有什麼差別。」

「啥？你……你說什麼？」

坦白說，如果他是大熊的話，我可能還不會這麼驚訝，因為這些日子來，我自己想過所有的事情，只是沒想到有天 Ryu 真的會來告白。

起初以為，我的人生中就只會有兩個男生環繞在我身邊、讓我頭痛，這兩個人就是 Yuk 跟大熊，但現在 Ryu 也加入了這個死亡迴圈當中。

該死的 Chayin，搶手都不看時機的！豬頭！

帳戶裡的錢為什麼不像愛情一樣多進來一點啊？而且一湧進來就讓我頭痛得要死！

「我喜歡你。」

「你是不是在開玩笑？如果我過去的行為讓你誤會了，那我真的很抱歉。」

「我很清楚自己的想法，也很懂你，你有好幾次看似有心，但我最後得到的答案卻不是那樣，因此我想請你給我一個機會，就像你給 Yuk 的那樣。」這世界上每個我認識的人都要這麼直接嗎？

偶爾迂迴一點也行啊，我不會生氣的，來這招，我不知道該怎麼辦啦！我腦裡的每一件事無止盡地噴發出來，但我恐怕也只能說……

「Ryu，其實我問過自己很多次了，我對你有什麼想法，不管是相信你是大熊的時候，還是你不是大熊的時候，但最終，我還是得

到同一個答案，那就是：跟你當朋友是最好的了。」

「我們還沒時間多深入認識彼此耶，你就這樣快速對我下判斷了喔。」

「就算是那樣好了，但這是不對的。」

「什麼叫做是不對的？」

「我不喜歡跟很多人曖昧，一般人也不會這樣做。」

「在你還沒跟誰交往之前，你有權利這樣做的，Chayin！」

「但是……」

「你可以，我自己去跟 Yuk 說，人都該有選擇權吧！」

「Ryu，那不合理吧。每個人都有權利選擇好的事物或者適合自己的事物，這沒有錯，但有些時候，這不代表我們可以什麼都不在乎地去選擇。Yuk 先來跟我要機會的，而我也說了會對他敞開心房，如果哪天我們沒有在一起，我才會開始跟新對象約會，到那時候……」

我停了好一下子，看向面前那張帥氣的臉：「你有辦法等嗎？」

「我能等。」那個堅定的回答讓我開始有壓力。

不是 Ryu 不好，但這不是他的時機。

說的像是我有選擇一樣，但讓我問一下，為什麼沒有哪個女生出現，可以讓我選啊？還是說，其實命運就是特意要我跟某個男生相愛呢？超級沒辦法理解的。

「也許你的等待並不會有什麼回報喔。」

「但我樂意。」

「我不想讓你浪費時間，現在我對你的感覺真的只是朋友而

已。」

「我沒有浪費任何一點時間，還有大把的時間讓我等你給的機會。」

「……」一片死寂。

「那就這樣吧，我會等你給我機會，但就算沒等到，我也會等那天的答案。」

在 Ryu 自顧自地說完一切，並用離開我家結束整個話題時，他的事情就結束了，卻將重擔拋給像我這個爛人，讓我每天晚上都輾轉難眠。

要喜歡一個人並不容易。

然後，一樣不容易的事情是，我們能選擇一個人，卻不讓另一方受傷。

這天還是來了，今天我終於得送我親愛的朋友上飛機、飛回去找老婆。

心情都不好了，他不在的時候，一切都比原本還寂寞。我還記得很清楚，他第一天順道來我家找我的樣子；Coach 的錢包，我也用著；還有，他的 MSN 大概會成為我生命中還要講好久的故事。

大怪胎是我的一切，正要遠行而去，下次要再見面，應該是一到兩年後了。

像他這麼好的朋友不好找，越是像我這種寂寞又被朋友拋棄的人，事情就越麻煩。要回去找大學時代的朋友，他們都有工作跟排

定的行程了；若要我跟孩提時代的朋友聯絡，就更難了，我就不喜歡那幾張臉啊，有次在托兒所的時候，他們還曾把我的椰奶香蕉搶去吃，我就直說了，這件事我記到現在。

「嗚嗚嗚。」

「哭個屁啦。」當損友一這麼說，我立刻就沒了心情。

「你不在的話，我會寂寞啊。」

「你不會寂寞的。Chayin就拜託你了。」後面那句話，他轉過去跟站在不近不遠處的另一個大個子說。沒錯，Yuk跟我一起來的，我們在這狗血至極的氛圍中，一起來送我親愛的朋友。

「我會好好照顧他。」然後看看Yuk的回答，讓我的寒毛立刻豎了起來。

「你什麼時候會再回來？」

「明年也許會，要先看一下時機。」

「那什麼時候會回來定居？」

「老的時候囉。」從你的臉色跟生活方式看來，絕對不可能自然老死的啦。

「Bird，我會很想你，也會寂寞得要死。」

「相信我，你才不會那樣覺得，反而會為了沒有錢，而焦慮到睡不著。」

「詛咒我耶，你這混蛋！都已經是太歲年了說。」

「嗯，看來是真的，太歲犯得好凶呢！」邊說，眼神邊往Yuk那裡飄。怕你還不知道吧，Bird，除了Yuk之外，Ryu也加入了太歲的行列了呢，又多了一個人來搗亂。

「呃……我想現在時間差不多了，真的該走了。」在大神朋友這句話的最後，我立刻撲上去環住他。

　　好難過啊啊啊啊啊啊！

　　「Chayin，你是狗嗎？放開我啦！可惡！」

　　「我不要讓你走，打去跟你老婆說，你要待在這裡，叫她快點跟來。」

　　「你有什麼毛病，我想我老婆！」

　　「你不想我嗎？」

　　「你對我沒那麼重要吼！」

　　靠北！淚如雨下。

　　「我要作法讓川普把你送回泰國，罪名就是抄襲 Microsoft 的軟體！」

　　「太誇張了吧你！」Bird 拉著行李緩緩往通道走去，無視我掛在他的背後、不願放手。

　　我要鬧的話，誰也阻止不了我，就連 Yuk 也不敢開口，就只有這個 Bird，每一秒只顧著罵我。

　　「不久我就回來了好嗎？想我的話，就幫忙送個涼拌碎豬肉來美國吧！」

　　「不要！！」

　　「那我就不回來囉。」

　　「好啦好啦，我送冷凍的涼拌碎豬肉去給你。到了再聯絡我喔！」

　　「不會忘啦，我走囉！」我的雙腳不走了，突然心臟咚咚咚地

狂跳了起來，眼眶熱熱的，手抖得像害怕自己會遺失某些部分，而那也是真的……

Bird 不在這裡了，沒人理解的寂寞之人又要回歸了。

「Chayin，祝你好運。」摯友揮手道別，我跟 Yuk 也跟著快速地揮了揮手。

「一路平安。」

只能看著他的後背慢慢走遠，直到視線的盡頭。我不認為我能這對些事情調適得多好，如果有天，曾經在一起的人離我們而去，我該如何是好。

「幹嘛哭，別哭，都長這麼大了。」Yuk 出聲安慰我，然後把我拉去抱著，好像我是小孩子一樣，而奇怪的是，我允許他這麼做而沒有出言阻止。

好一幕該被世界紀錄的大戲，廢柴詞曲創作人與作家兩個人站在機場中央擁抱，而機場工作人員則回以充滿疑問的目光……

到底什麼鬼呀！

送走 Bird 不久以後，我跟 Satawat 順便去那附近找了家餐廳，填飽肚子。我們一人點了一樣隨意吃的速食，花時間一邊吃一邊開聊，直到我發現那銳利的眼神盯著我背後的某個東西看了好幾次。

我抱著想知道的好奇心，轉頭看了一下，然後看見一個長得十分好看的男生正跟朋友坐在一起。

「你認識喔？」我問，語氣中帶著顯而易見的強硬。

「沒有。」

「那你為什麼要看？還是說你喜歡？」

「沒有。」

「我不懂，你說清楚一點。」

「只是在想那個髮型很可愛，如果是你去剪，應該很適合。」

「哼！我才不想做什麼跟別人一樣咧！」就算我最近頭髮長到快遮住眼睛了也一樣。

「那也OK，你什麼造型都很好看啦。」

要不是因為我太窮而覺得可惜的話，真的是想丟下漢堡、跑去廁所吐欸！

「等下你還有要去哪裡嗎？」我不想隨著對方起舞，而是試著改變話題、換聊別的事情。

「繼續趕稿，你呢？有想去哪嗎？」

「沒有，我寫歌的案子也還有一首歌要寫。」

「那就回家囉？」

「嗯……」雖然我心底還不太想回去，也不知道為什麼。也許需要的不是出門或者自己一個人待在家裡，而就是有種感覺，想要有個人在那個時候一起做些什麼罷了。

「你有很趕嗎？」低沉的嗓音將沉浸在自己的思緒一會兒的我喚醒。

「你指什麼？」

「寫歌。」

「還好，工作不多，慢慢寫。」

「今晚要去我家寫歌嗎？晚點去載你。」心臟悄悄地加速狂跳了起來。

「不用。」

「不想來嗎？」

「哪裡啊，只是想說你不用來接。」

「……」

「晚點我自己過去。」

這不是給他希望喔，就只是……只是……

在去找 Satawat 之前，我可不是閒坐在家裡、抖腳殺時間，而是趕緊連絡了某個我相當熟悉的人，一聽見電話那端傳來「有空」的回覆，我就一刻也不等地上捷運坐了兩站，來到店門口。

「Chayin 底迪，好久不見了。」身為店主的跨性別學姊走來門口迎接我。

「對，好久沒見了。」我小聲地回答著。

「那今天是要剪髮、洗頭、吹整還是染髮呢？」

「那個……剪頭髮。」

「想要什麼樣的型呢？先到沙發上坐吧。」她抬起手指向黑色的豪華沙發，然後我走過去坐下，並且拿出手機。

在搜尋機場男孩髮型的路上，我真是好不容易才險勝的。想用解釋的，又難以說明；想用畫的，畫工又爛到不行；因此，Google 就成了我的最後一條路：

「可愛男生的髮型」

我恨死這個字了，但還是得搜尋。

然後就找到了啦！

而且跟那個男生好像！

「想照著這張照片剪。」我把手機遞給面前的人。

「噢！很不錯，這個要把瀏海剪短一點喔，至於後面的層次會打高一點。這個髮型很多年輕人剪，真的很可愛，很適合Chayin你的臉型，非常韓系喲！」

坐著聽那些有的沒的解釋好一會兒，我就被抓上了砧板，包括打層次及推高都讓我頭上的髮絲減少了不少，花了比以往每次都多的時間才剪好。

「好了。哇嗚～又帥又可愛欸！」

鏡子裡反射的自己還真的是那樣，唉，我怎麼會生下來就這麼好看呢！

「請問多少錢呢？」

「600銖。等下讓我們拍張照、上傳店裡的粉專好嗎？」

「好的。」

我站著不動，讓她跟助理幫我擺弄姿勢。拍完照之後，就到了回家煮泡麵吃的時候，因為我已經沒錢買東西吃了，接著躺著、斷斷續續地看著角落的時鐘，等著約定的時間到來。

七點……什麼時候才會七點？

忘光了 Bird 的事情，想來就覺得白天為他哭，真是該死的浪費眼淚。

鈴～～～～

鬧鐘的聲音響徹了整個房間，我立刻從床上彈了起來，抓著帆

布袋下樓，估計到 Yuk 家應該會有點遲到，但這樣也好，才不會顯得太刻意，就算我心裡其實是從剪完頭髮之後，就想直線飛奔去他家了。

　　我坐在大廳等著大個子下來，沒多久後，我等的人就下來了，並且給了一個大大的笑容，我抓著後頸、緩解自己的羞澀，想著連手要放在哪裡都不知道。

　　「看起來好陌生喔。」從 Yuk 嘴裡吐出的第一句招呼。

　　「是喔？」

　　「嗯。」

　　「就⋯⋯天氣太熱了，所以剪了一下頭髮。」

　　「很可愛。」那傢伙開口稱讚，害我差點像剛好洗好的衣服一樣蜷曲，可惡！

　　「就剛好路過理髮店，理髮師就這樣建議，我真的不是要跟誰剪一樣的造型。」

　　「Chayin，你不用跟誰一樣，你就是你，就算有上百個人跟你剪同一個髮型，還是你最可愛。」

　　砰！

　　你的話像把刀子讓我的心剃成了細碎。

　　「要上樓了嗎？」

　　「嗯。」我點點頭，緊跟著大個子走，而一打開房門進去，熟悉的環境又再次出現，房裡的床被書櫃環繞、十分凌亂的工作桌看起來卻很賞心悅目，還有彰顯出主人特質的香味撲面而來，這樣的氛圍只在這裡，別的地方大概找不到了。

「我可以坐地板嗎？我喜歡在寫歌的時候坐在地上。」

「去床上坐，地板太涼了，等下你的腳會麻掉。」

我沒有拒絕，直接往大床走去，然後將帆布袋裡的東西通通倒出來。因為來過 Yuk 的家好幾次了，所以我知道他有一項珍寶，那就是吉他，這也就是為什麼我沒有帶自己的吉他過來。

「喂，我跟你借一下吉他。」剛說出口，那張帥氣的臉就將視線從電腦螢幕上移開，然後不疾不徐地旋轉椅子、轉過來看我。

「那你過來。」

「你放在哪？我等下自己去拿。」上次放在書櫃旁邊，這次不知道去哪了。

「先過來。」低沉的嗓音仍強調著同一句話。

「幹嘛啦？」

「靠近我一點。」我沒辦法無視那句話，只好下了床，走過去找那個坐得很近的人，在那瞬間，我的身體被拉過去抱緊，線條分明的臉跟高挺的鼻子抵在我的腹部，讓我覺得有點癢。我完全無法理解，好端端地，他在發什麼瘋。

但更瘋狂的是，我完全沒有拒絕。

「我想你。」那傢伙說得直接，讓我只能愣住。

「所以我來了啊。」

「想一直跟你在一起。」其實，跟 Satawat 相處也是件不錯的事，我從沒有覺得不好過，反而是開始覺得原來舒心是件這麼容易的事情。

「但這樣一直抱著我，可是不行的。告訴我吉他在哪？你呢，

也可以繼續去工作囉！」

「跟你說的話，我可以得到什麼？」

他又來了！！！每次這種狀況，他都要交換條件。

「就……會有朋友坐著陪你工作啊。」

「你說的喔！」

「……」

「那好，吉他在客廳的電視機旁邊。」得到答案的時候，那傢伙也願意放開我，但我仍可以感覺到他殘留在我身上的溫度。這就是許多人心心念念、渴望著的擁抱，對嗎？它就是這個樣子。

我的雙腳走到外面，然後拿了吉他進來。就只有屋子的主人看起來並不專心工作，而是直接了當地專注在我的身上。

「在看什麼？為什麼不趕工？」我詢問的語氣有一點凶。

「我跟你說吉他在哪裡了，因此我可以要求你提議的交換條件嗎？」

「我正在做啊，坐在這裡陪你工作。」

「不是那樣。」

「不是這樣，不然是哪樣？」

Yuk 沒有回答，但卻把腳張開。喂！該死的，你想幹什麼啊？

五分鐘之後……

「喂，你可以不要把下巴放在我的頭頂嗎？」先讓我喃喃抱怨一下。

「很舒服嘛，你就繼續工作啊。」

這樣是叫我怎麼工作啊！！！

這世上真的有地獄欸，而這種下地獄的方式是最傷身的了，我的身體負擔逐漸加重，偶爾會讓我忍不住去想，我的心臟總有一天會死掉。

我跟 Yuk 坐在同一張椅子上工作，大個子坐在我的背後，然後我覺得很厭世的是，每當他伸手去敲鍵盤工作時，我的身體就像是被鎖在他的懷抱之中，完全動彈不得，而且我的頭還要負責當他下巴的靠枕。

真是倒楣，覺得心煩但什麼都不能做，歌也沒辦法寫，沒辦法專心啦！！

好不容易能逃離那可惡殺手的束縛，也只能癱坐近一個小時，直到不小心倚靠著結實的胸膛、默默地癱在上頭睡著。等到被抱上床的時候，我才再次有了意識，然後睜開了眼睛。

「你可以睡了。」

「我得回家。」我愛睏地說，眼前的畫面忽明忽暗，因為眼睛還沒辦法完全聚焦。

「很晚了，睡這裡吧！明天再回去。」

「你害我什麼成果都沒有。」他的笑聲立刻響了起來。

「是你自己不做的，我有給你機會了。」

「誰那麼厲害，可以這樣做事！」

「睡吧！明天醒來再繼續吵。」

「嗯……」

我也不記得自己的知覺是什麼時候被關掉的，但我做了夢，夢

見有個人躺到我的旁邊，把我抱進他的懷裡，然後一起睡去。

低沉的嗓音在我耳邊低吟，一直像那樣迴盪著，不知道停止。

「Chayin，我愛你。愛你……」

陽光從腳邊的窗簾透了進來，讓我在床上隨意伸了伸懶腰，等到我好不容易回過神，發現這並不是自己的房間時，已經花費了不少時間。

我穿著原本的衣服，除了頭髮大概亂到很難梳整齊以外，身上其他的一切照舊。外頭間歇地傳來一些聲響，我從床上振作起來，走出去看看狀況，然後就看見房間的主人已經將早餐都準備好了。

「醒了？」第一個問題直接招呼我而來。

「嗯，現在幾點了？」

「八點。」

「抱歉，我佔了你的床。」

「沒關係，我樂意。先去洗臉刷牙，等下一起吃早餐。」他下著命令，手上同時忙著將放著煎蛋的盤子擺到桌上。

這個Satawat真的比我媽還像個媽耶！

「我在你家沒有牙刷啊。」

「有，就跟你說，我先買好備著了。」那張帥臉抬了起來，與我對視，然後繼續說：「還呆在那裡！去洗洗臉，然後來吃飯，我餓了。」都說成這樣了，誰還敢在這裡晃來晃去就厲害了。

我拖著自己無力的身體進到了廁所，而裡頭真如Yuk所說的那樣，有一支給我的新牙刷，它跟一條乾淨的白色毛巾被一起放在洗

手檯上。我不曾想過，有一天在某個人的房裡會有我的私人物品。

　　想到就要哭了，太感動了。

　　用了些時間刷牙洗臉之後，就回到小小的兩人餐桌邊坐好，餐桌的對面有作家先生坐在那裡。

　　「在幹嘛？」我好奇地問，看他邊等邊滑手機有一陣子了。

　　「看小說。」

　　「誰的作品啊？」

　　「不認識，是YukYinCouple那個tag裡的。」

　　又來了！！！你還沒放棄看這種東西嗎？我要生氣了喔！

　　「不讓你看！你看的話，我會生你的氣喔。」

　　「你又沒什麼損失！像這篇裡面，你很可愛啊，是隻白色的小兔子。」媽的，他不只說，還把手機螢幕轉過來給我看。

　　喔咿～～～～什麼欠揍的粉絲圖啦！這哪是什麼兔子？是火辣的扮裝好嗎？然後，我的屁股戴上蓬鬆的毛團是什麼意思？害我愣了好一下子，這比我是高麗菜精還誇張好嗎？

　　「能有一篇小說讓我酷酷帥帥的嗎？不想看到這種了啦。」邊說邊抱怨著，並將叉子戳進煎蛋裡，以解我心中的鬱悶。

　　「有一篇你很酷的小說。」

　　「真的嗎？給我看一下。」

　　「晚點傳給你，但你先吃個飯。」我們各自將手機放下，把注意力轉回到面前的早餐上頭。

　　Yuk真的很好，想在很多事情上罵他，但卻發現沒有什麼事情好罵他的。我看著滿桌對方做的早餐，都是些看似簡單，但看得出

用心的食物，一人有一顆的煎蛋，還有熱狗、火腿、培根、烤麵包跟果醬，而且連牛奶，他都已經倒在杯子裡準備好了。

真是身心舒暢到完全不想移動去哪。

早餐之後，我自願洗碗作為一餐溫飽的回報，然後大個子成了載我回家的那個人，我在路程中沉浸在閱讀小說裡。

Yuk居然能找得到！在YukYinCouple的tag裡，有一篇小說與眾不同，它是由No Name寫的《No Name》。可惡啊，不想說就不要說啦！

這是第一次，我的角色不再是懷孕的男人、性奴、高麗菜精，或是什麼白兔的，我在這篇裡是……

越獄的逃犯，我喜歡！

《No Name》在講一個賞金獵人的故事，他的後頸刺著AC118，這串數字是一個祕密編號，用來代替組織中人的名字。在這個世界哩，沒有人知道彼此的真名，所有工作的命令都是稱呼固定的編號。而這篇小說的主角看起來就是這個編號118。

寫的人一開始就說了，這篇不是愛情小說，但就算如此，相較於其他看了害羞的小說，這篇的讀者卻多上許多。

「你覺得寫的人是男生還女生啊？」我問旁邊的人。

「不知道。在作家與讀者的世界裡，沒有人會知道彼此的真相或者秘密呀。」

「嗯，我懂，但我喜歡這篇，已經讀完三章了。」

「嗯？不是說不喜歡看這種東西？」

「這是例外。雖然我在裡面是逃犯，但很酷。」我驕傲地挺胸。

真想打給我媽，跟她說發生了什麼開心的事情。

「到你的公寓了。」一聽到低沉的嗓音那麼說，我的臉立刻沉了下來。

又得像之前那樣回家寂寞了。

「你會再來找我嗎？」不想矜持了，他媽的累了。

「你要我來的話，我就會來。但最近也許不能來打擾你了，怕你最後會像昨天那樣，都沒完成工作。」

太哀傷了。

「也是可以。」

「家裡囤的食物還有嗎？」

「還有。謝謝你送我回來。」

「不客氣。」

我開門下了車，一陣子之後就看著黑色的轎車駛離，直到視線的盡頭，至此，我才將自己再次拉回現實。

我把剩下來的時間拿去寫歌，照著製作人的要求。這感覺並不差，我邊做還邊沉醉著。在這之間，Ryu有打來一下下，因為不想壞心地拒絕他，所以我就接了電話、聊了一會兒。

Bird這傢伙呢，昨晚就回到美國的家了，還拿了跟老婆的自拍照來炫耀，一副討人厭的樣子。因此，我的任務就是送他一根中指，當作返家禮物。

叩叩叩。

房門被敲響，我離開電腦螢幕，然後做了一點伸展。誰會在這

時候來打擾啊？早上八點，是個像Chayin這種太過沉迷於寫歌的人，還沒去睡覺的時間。我一直都是這樣，不在對的時間睡覺，哪天心血來潮想要整頓自己的生活，但也就做個幾天而已。

我走出了臥房，為了開門去跟剛來的人打招呼。

「唉呦，你還活著喔？還以為已經燒掉了呢！」

「我是人，不是屍體吼！」

會用這種白目話打招呼的人，也就只有這一個了！該死的Sa！ta！wat！

作家歷史上最混蛋的那一個！

我將對方從頭到腳看了一遍。今天，大個子戴了我買給他的那頂Moncler棒球帽，同時兩隻手還提了大包小包的超市袋子，一看就覺得開心了起來。

「先進來，然後你不是說，過好幾天才要來找我？這才剛過一天而已。」

「我想把你吃掉。」

喔咿～幹！看這是什麼回答？！

「然後你是錢太多嗎？老是買東買西的。」

「剛好夠用來養你。」我看著高大的身軀忙得團團轉，東拿西抓地把東西放進冰箱，即食的食物們也被整齊地放置在存放乾糧的櫃子裡，不仔細看還以為我的生命裡又多了一個老媽子。

「還有這個，剛找到的那本。」處理完生鮮之後，大手就遞了一個裝書的袋子給我。

「居然還有？」我詫異地問。

不是每個人都會固定拿村上春樹的書來給我，但Yuk就是那個能打破我的想法的人。

　　「這本很難找。」

　　「對啊，既然很難找，幹嘛還拿來給我？」

　　「就想給你。」

　　好……我無話可說。

　　「我今天只能待一下下，剛好跟編輯有約，要去辦公室談工作。」

　　「嗯。」

　　「好好照顧自己。」Yuk又把手放到我的頭上，然後輕輕地來回撫摸。

　　「知道了。」

　　「要按時吃飯。」

　　「又在念！」

　　「然後不要太晚睡。」

　　「哪有晚睡？我都早上才睡。」

　　「調整一下作息，你知道的，我會擔心。」

　　「……」哼，感動死人了！

　　「怕你不能好好老死，就太可惜了。」混蛋，我的心情都被你的亂講話打壞了！但，那個低沉的嗓音仍繼續問下去，一點空檔也沒有：「明天晚上有空嗎？我來找你。」

　　「有空。要幹嘛？」其實我有沒有空，對Yuk來說都沒差吧？跟個魂魄一樣，想來就來、想走就走，每次都那樣。

「我有重要的事要跟你說。」

「什麼事？」

「等明天再說好了。晚安囉，小孩。」然後，我的身體被對方快速襲擊，我們的嘴唇碰了一下才分開。雖然時間算起來很短暫，但卻讓心臟節奏紛亂地亂舞著。

Yuk 給了一個微笑，然後才轉身走出去，留下我一個人，心中懷著疑問。

你這麼做，我是要怎麼睡得著啦？王八蛋！！！

鈴～～

我的手機鈴聲大作、響個不停，就在我躺在床上、在自己的想像中做著美夢的時候。要是打來講沒什麼內容的東西，我真的會詛咒你！

我伸手到床頭上，將放著的手機拿起來看了一下，螢幕上正顯示著一個熟悉的名字，那就是 Ryu。他打來也不是什麼稀奇的事了，因為他每天都打、從不間斷，但我也仍用著各種方法直奔重點，不在聊天上花太久的時間。

我們只是朋友而已，而且我也一直都覺得，我不想同時跟許多人曖昧。

好吧，讓我們來瞧瞧，他今天打來要講什麼。

「哈囉～～～」我把聲音拖得很長。

『Chayin，你還沒醒喔？』從另一端回話的聲音，可以感受得

到對方的心情很好。

「就是你打來吵醒我的。」

『抱歉啦，我有點太興奮了。我有好消息要跟你說，今天我的研究題目通過了！』

「真的喔？恭喜你呀！」雖然我不知道這件事有多重要，但內心還是覺得高興，像每次有朋友離成功又更進一步時一樣。

『謝啦。因此我想約你去看電影、慶祝一下。』

「那個……」事情大條了。

『這次還有我那群醫生朋友一起，大家一起看電影會很好玩。』就算不是一對一好了，但我還是覺得尷尬，除此之外，我今天也有約了。

「不好意思啊 Ryu，我跟 Yuk 有約了，可能沒辦法跟你去看電影。」

『你幾點有約？』

「晚上。」

『那可以啊，我們是看兩點的電影。一看完，我就趕快把你送回來，保證趕得上。』

「……」

『去嘛～我真的很希望今天你也在。』

看我沉默了許久，這可惡的醫生就使出渾身解數、不停地盧我，然後像我這種心軟的人，還有可能把拒絕說出口嗎？最終，我還是必須把自己從床上拖起來，直奔浴室去打理自己、翻出適合朋友聚會的舒適穿著，接著 Ryu 就自己跑來公寓接我了。

在路途中，我仍不忘聯絡 Yuk，我不希望他會等我很久而心情不好，但我終究還是沒有收到對方的任何回覆。

我猜可能是手機沒電或者訊號不好，但這讓我心裡又更是忐忑不安了起來。

我們在二十分鐘後到達百貨公司，但等到 Ryu 的朋友們好不容易到齊，又過去快半個小時了，而且更慘的是，每個人都在喊餓，我只好跟著這群醫生進去餐廳，找東西填飽肚子，等到吃飽的時候，時間已經接近下午兩點了。

而且倒楣的事情一件接著一件，Ryu 那個自願去買票的朋友竟然訂了五點半的場次，就為了讓大家有時間走走逛逛、欣賞妹子什麼的。

我嚇出了一身冷汗，拿起手機一次又一次地撥給 Yuk，但都得到的結果卻還是一樣。「Ryu，我可以先回去嗎？」深吸了一口氣，然後決定把話說出口。

個子較高的人轉過來沉默地看著我，但眼神裡卻混雜著哀傷，讓我覺得自己錯了。但我就跟 Yuk 有約了啊，而且我很在乎他，不想讓對方等太久，不想再失約什麼的。

「你不看電影了嗎？就……我們說好了啊。」

「但 Yuk 不接電話，我怕他會等我。」

「說不定他有事情在忙。這樣好了，你傳 LINE 給他吧，這樣他看了就不會早到。」

「我傳了，但他沒有讀。」

「各位，看電影的時間到了，我們進去吧！」當某個人喊了這

麼一句，接著我被Ryu拉著走進影廳，完全無法拒絕的時候，就好像有一道閃電直劈我的前額而來。

　　沒錯！我必須去看電影了，就算我因為擔心某人而一點專注都沒有，我還是得要看。

　　電影好不容易結束都快七點了。Ryu見我很心急，就趕緊開車送我，而且還不只送我到樓下，居然還跟著上到了房門口。

　　「Yuk⋯⋯」

　　走出電梯後看到的景象，讓我整顆心直落到腳踝。

　　Yuk坐在那裡，就坐在我家前面，而且他現在正沉默地看向我跟Ryu。我超想哭的，只是一滴眼淚都沒有掉。

　　「Chayin，我先走了。」

　　「嗯。」Ryu一說完就往另個方向離去，留下我跟某人，四周滿是尷尬的氣氛。

　　我走近大個子，看著那傢伙慢慢地曲著身體站起來，一切都很靜默，靜到讓我心裡覺得飄忽。

　　「等很久嗎？」雖然知道答案，但我還是問了出口。

　　「不久。」Yuk回答得很短。

　　「幾點？」

　　「幹嘛？」

　　「幾點？」

　　「四點。」

　　「我⋯⋯我打給你了，但找不到人；傳訊息給你，你也沒看。

今天剛好Ryu約我跟他朋友看電影，然後就⋯⋯」還來不及把話說完，對方就立刻插了進來。

「我說我喜歡你的一切，就算是缺點，我總是把當它看作是好的，但這件事卻無法。Chayin，為什麼呢？只要說不喜歡我就沒事了，我從來就沒有要求你對我的感情負責任。」

「⋯⋯」

「只要你說，我就會給你所有你想要的，但如果我給了什麼，是你不需要的，直說就好，這有很難懂嗎？」

「你什麼意思？」

「跟Ryu約會，你沒有錯。你要跟很多人約會，你都沒有錯，但你應該告訴我。」

「你誤會大了。」

「誤會什麼？我看到的事情還不夠清楚嗎？」

「你正在亂下結論，可以先聽我解釋嗎？」我現在的思考十分遲鈍，心痛到不知道該怎麼說明。

「那你說，你為什麼會跟他出去？」現在站在面前的Yuk，不像我熟悉的那個人，我害怕今天發生的所有事情會讓他變了，害怕我會失去生活裡重要的部分，害怕到我想哭⋯⋯

「Ryu只是題目過了，想慶祝而已。」

「那你就去了。」

「對。」

「你明明知道我會來找你，但你還是去找他。你原先就知道了，卻不願意直接拒絕他。」

這下子，我說不出話了。

「我沒有想跟誰較量，你自己也一樣不舒服，對吧？我知道你很迷惘，好幾次，我將自己的不安甩給你、將喜歡這個字拋給你，或許你不用那麼累，只要我不再試圖把這些有的沒的硬塞給你。」

我抬頭看著那張深邃的臉，盯著他那雙眼睛，一邊咬著牙問：

「你什麼意思？你要因為這件事拋下我，對嗎？你要停止一切用心了，對嗎？」

「……」

「這樣的話，你就走吧！反正你都不聽我解釋了，就不用再讓我見到你。」

沉默壟罩了四周。

我們觀察著彼此的反應許久，他才終於回答：

「其實愛情沒有什麼難的，但我跟你之間的事情可能真的很難」面前的人停下來、頓了好一陣子，然後伸手拿起掛在門上那個裝書的袋子，塞回自己的背包。

「……」

「好，我走。」

我們幾乎沒有再看對方的臉。視線裡唯一看得見的是，一個高個子的男生正在漸漸地、慢慢地越走越遠，起初十分清晰的畫面開始一點一滴地變得模糊，因為那溢滿眼眶的淚水。

我有好多事情想說、有好多事情想解釋給他聽，但當他選擇了拒絕，所有一切就應當這樣結束。

但我很痛，痛在我花了很多時間去探尋自己，到底對這個人真

正的感覺是什麼……

　　直到得到一個答案：

　　我愛他。

　　但是現在，他不在了，他以後不會再說愛我了……

第十二章 |

Find yourself and grow

現在 Yuk 應該很生氣吧，他也許再也不想再跟我說話或者再見到我了。

對，是我自己腦充血講出那樣的話，只因為我無法忍受聽到他說，他不會再為我做任何事情了，就好像我的重要性被減少了一樣。我真的很自私，一旦從對方那裡得到了什麼，我就期望能得到相同的對待，甚至更多。

甚至也不曾想過，如果有一天，他不再把什麼都給我了，我該怎麼辦。

Yuk 頭也不回地往前走，那移動的身影最終也消失不見，只剩我一個人站在門前。或許……我們都需要一點時間去思量所發生的事情，無論是結束還是繼續，我都準備好要接受。

我轉開門把，踏進屋內，看著這周而復始的生活，有種無法解釋的感覺。過去，我一直都用同個方式過日子，但今天，我心裡卻迷惘到無法自理。

「一切都還是照舊。」我跟自己說。

同一張飯桌、同一台冰箱，所有的事物都沒有被移動過，但為什麼……我的感覺卻變了。

我用洗澡去打破腦中的胡思亂想，洗把臉將所有不好的感覺趕

走，然後坐到床上，一手抓起手機，然後滑著看LINE的訊息。

有一個十五分鐘前的訊息提醒，然後當看見發訊息來的人名，正是我現在非常想念的人時，那些心裡一開始有的裂痕都消失了。

「對不起，我沒有接電話，手機真的忘在家裡了。」

這就是我聯絡不上他的原因。Yuk平時不是個健忘的人，我不知道他這次忘記的原因是什麼，但超希望他不是因為太趕著來找我，而忘了所有的事情，如果是這樣……

我該怎麼辦？

但我腦海裡唯一一件事，也是目前可以做的事情，並不是詢問其他的原因，而是直接把自己的感覺傳給他。

「Yuk，很抱歉……我說了那些話。」

我有滿滿的話想跟他說，不過還是先等看看對方怎麼回答再說。但沒想到，訊息傳出去之後，不只沒有得到回覆，Yuk連打開來看都沒有。

當一切都還懸在那裡時，我當然睡不著，只能在床上翻來覆去，斷斷續續地拿起手機來看，直到時間即將來到午夜，我仍堅持等著他的答案。

他應該不是封鎖我了吧。

凌晨一點……兩點……三點……

身體一點也不覺得想睡覺，兩隻眼睛仍然晶亮，因為還在期待能讀到某個人傳來的訊息。

但是沒有訊息。

　　不知道自己什麼時候不小心睡著的，等到再次驚醒，時間已經快要早上八點了。我感覺太陽穴有點痛，於是拖著腳走去浴室洗了把臉，才去找點東西吃，然後回來再次確認手機。

　　一切都沒有變化，訊息沒有打開來讀，也沒有回覆的訊息。我鼓起勇氣，做了一個深呼吸，然後找出通訊錄裡的電話，然後按下撥出。

　　『您所撥的號碼目前沒有回應……』

　　關機了！

　　很好，讓我整個晚上像瘋了一樣地胡思亂想，想就這樣結束一切的話，那就請吧！

　　想到這裡，我就趕緊抓過筆電、寫歌本跟吉他。有時候，忙碌的工作也許有助於讓感覺好起來。我還剩一個公司那邊不急著寫的案子要做，今天是個好日子，我就不用懶惰來當藉口了，趁機努力工作吧！

　　一天過得很快。

　　最終……我什麼成果也沒有得到。

　　沒有靈感可以寫歌、沒有創作它的動力，我努力試了好幾次，想把歌寫出來，但一點用也沒有，只能躺在地上打滾，看著白色的天花板，然後不斷問自己該怎麼辦、現在該怎麼做。

　　一次又一次、一遍又一遍，覺得厭煩，有時也覺得哀傷。

　　好不容易自己度過這種糟糕的時期，已經到了第三天。

　　連敲門聲都沒有的日子；沒有大個子站在那裡、還有那些很難

找的村上春樹的書的日子；沒有機會看見各品牌的黑白色棒球帽的日子，就連那身我總是撇嘴的殺手打扮都不復存在了。

沒有了……

寂寞，寂寞到心煩意亂，小鹿亂撞的感覺消失了，只剩下空虛及像過去那樣的孤獨一人，細細地講述著這憂傷的人生。Ryu還是一樣偶爾會打電話來，但我只是轉過去看著，然後放任手機震動，直到被掛斷。

我不想跟任何人說話，唯一能讓所有事情回復原狀的人，只有Yuk一個人而已。

「該怎麼辦？」只能第一百萬次地問自己。

我終究還是找不到答案。

叮！

然後新的訊息在凌晨一點的時候跳了出來，身體自動坐了起來，我抓起手機，緊張地滑到熟悉的app上。

但我必須再次失望，因為傳訊息來的人是摯友Bird。

「我想你還沒睡吧？死了沒？還是正忙著在寫歌？」

一讀完螢幕上的句子，我立刻回傳訊息……

「可以跟你聊聊嗎？」

訊息剛送出的當下，來電聲就響了起來，我一刻也不等地接了電話，然後發出虛弱的嗓音，像是被拋棄的小狗一般，讓我這個怪胎好友察覺到了異樣。

『你是有什麼問題？』雖然聲音聽起來很粗魯，但我仍能感受

到電話那頭的擔心。

「我……跟 Yuk 吵架了。」我跟他本來就沒什麼秘密了，任何事都直接說，開心的時候跟他分享，難過的時候把一切都丟給他一起分擔，這樣的朋友也不會再有了。

說了就想哭。

『搞屁喔！吵什麼？是不是吵你不願意嬌嗔他的名字？』

「不好笑！」我氣到差點要把手機扔掉。決定要跟 Bird 講到底對不對啊？

『好啦，知道你真的很焦慮。有事都可以說給我聽，雖然我可能幫不上什麼忙。』你只要當個好聽眾，我就高興得要死了。

「幾天前發生了一點事情。我跟 Yuk 約好，晚上公寓見，但 Ryu 就來約我看電影，我想說反正趕得上跟 Yuk 的約，所以就答應了，後來出了一點差錯，我沒趕上……」隨著心虛，後面的聲音也越來越輕。

『你說沒趕上，是讓人家等很久嗎？我得有個正確的預估，如果不久，那就幫你找個方法哄他。』

「他四點就來我家等了。」

『啊？那你看完電影回來是幾點？』

「九點。」

「九點？Chayin 你是瘋了嗎？」電話另一端的大吼讓我必須將手機拿離耳朵。

「我知道自己錯了，所以道了歉，也試圖要解釋，但 Yuk 一個字都不想聽，於是我也生氣趕他，叫他不用再來見我之類的。」

『死！定！了！』Bird一個字一個字地強調。

他放任沉默盡了一會兒責任，然後才咳了兩聲，我專注地等著聽他的建議，什麼建議都好，只要能比現況好。

『Chayin，我問你喔！Ryu約你的時候，你為什麼要答應呀？』

「Ryu說他會送我、讓我趕得上赴約。」

『那當你知道會趕不上約的時候，你為什麼還待在那裡？』

「我不敢拒絕他，我⋯⋯」

『你不敢拒絕，這個我知道，我怎麼會不懂你的個性？你怕拒絕了，會讓別人心情不好對嗎？但我問你，你就不在乎Yuk要等你多久嗎？我不知道你在幹什麼耶，等的人是會想東想西的。』Bird的話讓我又想哭了。

「這樣做，我也不開心啊！」

『是吧，不會拒絕別人就要承擔自己的選擇啦。不過錯了就道歉，你很棒了，我知道你對在乎的人，不會把架子擺那麼高。但我不懂的是，你幹嘛趕他走？』

「他說得像不會再為我做任何事一樣，不會來找我、不會說喜歡我、不會約我一起去喝咖啡或吃飯，讓我感覺很不好，我還想要一切如常，所以就不小心嗆他說，如果不想做的話就走。我一直以為，不管發生什麼事，他哪裡都不會去，但我想錯了。」

我清楚聽到遠方那個人的嘆氣聲。就⋯⋯我那時候控制不住自己嘛。

『他有選擇的。總是等著拿取一切的人，最後是得不到任何東西的，因為不曾給予對方什麼。』

「……」他說的話讓我愣住了。

『你深信他會愛你；會為你做任何事情；會很在乎你；不管你做錯什麼，他哪裡都不會去，但你是不是忘了，每個人都有自己的底線？』

「我知道……我知道，但我沒想到會這麼快踩到底線。Bird，我喜歡 Yuk，我真的喜歡他。」說著，眼淚就流了下來，讓我必須將頭埋進枕頭裡。

一直以來，我對許多來到我生命裡的事情感覺焦慮，因為我只顧著依循「男生要跟女生在一起」的社會規範，我過去的感情也都是這樣，直到某一個人走進我的生活，我們試著了解彼此、聚會、吃飯，還有分享許多不同的事情，雖然認識的時間不久，但卻覺得關係密切。

我總是問著自己，喜歡是什麼、愛又是什麼。過去，我總是一次又一次地否認自己的感覺，只為了再次回到社會期望的模樣，那什麼才是我自己期待的模樣呢？

一個特別的男生到來，改變了我的整個世界，讓它變成一個不用寂寞與孤獨的世界；一個多采多姿、有許多新鮮事的世界；一個不用焦慮旁人怎麼想我們、可以放下一切的世界。

我接受這個男生抱我，雖然我除了家人以外，其實不太讓人抱；接受他親我，雖然有些抗拒，但那裡卻隱隱有感覺；只要是對方要的，我都願意接受，到我認為，這件事是我樂意接受且不願意失去的——

……愛情……

所有人都是這樣稱呼它的。

『要我打去幫你說清楚嗎？一切都會好的。』我們各自沉默了許久之後，Bird提供了方案，但行不通的。

「我比較想自己來，讓這一切落幕。但跟你聊過之後，我知道自己該怎麼做了。」

『我的心與你同在，會沒事的啦！』

「希望是那樣。Bird，真的很謝謝你。」

『你不要哭啦，混蛋！』

「誰哭了，我才沒有哭……」即使回答的聲音帶著哽咽，眼淚還不停地掉。

讓自己冷靜一下情緒跟理智之後，就該來計畫明天要繼續怎麼進行了。當他手機連絡不上、LINE也不看，能做的事情只剩直接去跟他面對面了。

我甩開所有的恐懼，讓自己能站在大個子的公寓大廳裡。我無法直接進去這件事有點糟，只能等他下來，或者在得到主人的確認之後，請工作人員幫我開門。

「呃……請問Satawat先生現在回覆了嗎？」

在等了近兩個小時、整整喝完三杯飲料之後，我再次走到櫃檯詢問。

「屋裡還沒有人接電話，主人大概是不在家喔。」

「但我想他應該在家。無論如何，麻煩您再幫忙聯絡一次。」我清楚自己給別人製造麻煩了，但真的沒辦法。

又過了半個小時，前台的工作人員喊了我，她臉色有點沉了下來，然後才完整地回答說：

「我們已經聯絡過2108號房了，而Satawat先生通知說，他不方便讓人拜訪，因此請您見諒。」她微微地點了頭，而我只能麻木地站在原地。

「謝……謝謝您。」用了好些時間，才能擠出每個字。我用一個魂不附體的狀態走出公寓。過往的一切都要結束了嗎？只能一再地問著自己。

我現在知道，等待有多麼折磨人了。心裡亂糟糟的、一點快樂的感覺也沒有。越是得到自己以往不曾預期過的答案，就越是覺得滿身疼痛，我不認為自己可以忍得住，而且一定沒辦法太快能跨過這個狀態。

我渾渾噩噩地走回家，同時腦子裡還不停思索著剛才發生的事情。其實，我就只是個失敗者而已！

雖然試圖處理一件一件煩人的問題，但還是失敗了，現在仍舊無法跟Yuk把話講開；至於Ryu，我又羞於見他；唯一能找的人只剩下JJ了。

當然，我們才見過一次面，但在MSN上的溝通卻不只如此，所以能夠跟對方坦承自己的感受，但從那天晚上開始，我們仍沒有將煩心的事情講清楚，再加上Yuk還先帶我逃回家，於是我們的關係就這樣懸到今日。

我打給Bird，要了JJ的電話，之後就跟對方約好了隔天見面。

「Chayin！」有個聲音叫我，我很快地轉向那個聲音來源，然後打了招呼回去：

「大熊！」

對，大熊來了，而且一來就趕上約定時間。

「喊我 J 吧。聽到大熊這個名字，不知道為什麼有點羞恥。」他回答著，之後還笑笑地來到我對面坐下。

真是奇怪，明明是個當時在 MSN 上，有好感的人，但為什麼我現在一點感覺也沒有，只覺得很開心能見到他。

「那天之後就沒有講過話了。」

「呃⋯⋯嗯，對啊。」說完，我尷尬到不知道要把臉往哪放。

「你說你愛 Yuk 的時候，我愣了好久。」

「不記得也沒關係啊，其實。」

「怎麼可能不記得，你那麼真心。」

「你沒有生氣，對嗎？」

「幹嘛生氣？無心也不是什麼錯，就當成事情都過去了，反正我們還是能當朋友。」

「你真的那樣想？」

「對啊，說只能是朋友就當朋友，我還試圖想當別的幹嘛？是說，今天約我來，是有什麼事情吧？」他問，於是我就直接說了：

「就是這件事。那天晚上我們好像還沒把事情講清楚，我怕之後會有什麼問題。」

「什麼問題？跟Yuk嗎？」

「才不是。」

「放心啦，做了朋友，我就不會有其他的想法了。再幫我跟Yuk說，叫他別想太多。聽說他喜歡你，對於我插一腳這件事，他大概心裡感覺不太好吧。」越是提到第三方，我的心就好像又往谷底沉了一點。

「我也許無法跟Yuk說了。我們……吵了點架。」

「怎麼會那樣？」那個人嘟嚷著，兩隻眼睛還瞇起來看著我，像是正在考量著什麼，但不願直接說出來。我們各自尷尬了一會兒之後，我成了先開口詢問的那方。

「問一下，在MSN到期前的那天，你為什麼要說喜歡我呢？」從現在看來，我們兩個好像不認識對方一樣，但要說這是因為我前次拒絕他，似乎也不太可能。

「大概是因為喜歡你吧。」對方一臉平靜地說。

「那我繼續問，你喜歡我什麼？」

「可能沒辦法說出所有的理由，其實……」J停頓了一下，然後長長地吐了一口氣。「你沒有覺得不是嗎？」

「啥？」

「有覺得我不是大熊嗎？還是說你相信是？」

那句話讓我的腦袋停止運轉了一下子。什麼「是」還是「不是」？我以往問他，他也沒否認過，不是嗎？

「一直以為，JJ都是大熊。」我輕聲地喃喃自語。

「我有伴了。」這回我瞪大了眼睛。

「有伴？」

「對，而且是女朋友。」

「這到底是怎麼一回事？」

「就是呢，我從 Bird 那邊拿到 MSN 的光碟，並且跟他說好，會試用、告訴他結果。但我剛好那陣子沒有空，所以就把光碟給了一個好友，他跟我唸同個系、同所大學，而且也是我從中學就認識的老朋友。」

我的腦子開始分析，一點一滴地將事情拼湊起來。

「大熊是一個星座的名字，它有一顆很奇特的星星，那就是 PC 0832/676，這是距離銀河系最遠的一顆星。」

「……」面前的人仍說個沒完，而我是個好聽眾。

「那個人說，他就像是這顆星星，孤獨且鮮少有人見到。他是個內向的人，工作也幾乎不用見到誰，十分地寂寞。但或許寂寞就是他的魅力所在吧，也許在宇宙繼續旋轉的某一天，可以遇見那顆一樣遙遠的星星。」

我開始看到一些過往不曾觀察到的提示。

大熊、PC 0832/676、離銀河系最遠的一顆星。

「其實這個星座還有另一個名字，你知道叫什麼嗎？」

我們各自不說話、看著對方的臉一會兒。

「Callisto。」

同時說了出口。我吞了好幾口口水，低下頭看著自己的手心，它跟我強烈跳動不止的心一樣，正在顫抖著。

我為什麼會忽略這一切？我為什麼絲毫沒有懷疑過，我們其實

離對方不遠？但我最想問的是，為什麼不告訴我？為什麼放我疑惑了這麼久？

我沒有生氣，反倒很開心。

在MSN上聊天時，我們像朋友一樣，分享每件事，無論是大事或小事，而到了現實生活中，我們又更近了一步。我沒有因此覺得傷心，反而放心了幾百倍。感謝你不是別人，感謝你就是你。

「有點糟的地方是，不是Yuk自己告訴你。真的很抱歉啊。」

「……」我搖頭。

「別氣他了。」

「一點也不氣。」

「有吵什麼事情的話，趕緊跟他聊聊吧！」

「一定，本來就要聊了。」

「說完了所有的真相後，我真的放下了一顆心！」

「謝謝你告訴我。」

「不客氣，但請幫我轉告Yuk，叫他別生我的氣，我只是看你這小孩太可愛，忍不住了而已。」我給了面前的人一個微笑，然後來回撥著盤子的飯，同時飄飄然地思考著。

所有事情都清楚了，即使我不知道自己是什麼時候有Yuk的MSN的，但以後這也不重要了。

大熊、Callisto、Satawat，事實上他們是同一個人……

是我愛的人。

我想和好，而且我得是去求和的一方，拋下所有脖子上的自

尊。當心裡沒有快樂的時候，擺架子要幹嘛？想去廟裡做功德也不是個辦法，畢竟我是個罪孽深重的人，一走進廟裡，立刻就會熱到熔掉。

為了解決所有問題，簡單的方法就是去見他，但那次我突擊他的公寓行不通，所以得換個地點，至少得是確定那傢伙會出現的地方，那就是：Yuk姊姊開的那家咖啡廳。

「歡迎光臨。嗷！是弟媳～」我踏進店裡不久，就得到老闆熱情的招呼。

「您好。」

「要點什麼呢？等下姊姊施展手藝幫你做！」

「我要……」邊說，眼神邊巡視著店裡，但期待中的那個人卻連個影子都沒看見。「冰美式好了。」

「稍等一下喔，要店裡用還是外帶？」

「這裡用。」我在櫃檯前磨磨蹭蹭、不願離開，讓Yuk的姊姊帶著懷疑，轉過來問：

「弟媳，喔不！Chayin，你有什麼事情嗎？」

「呃……最近Yuk有來店裡嗎？」

「前幾天才剛來過，今天不知道會不會來。你沒有打給他嗎？」面前的人瞇了一下眼，好像正在懷疑什麼，而我也不想現在回答什麼，於是選擇搖搖頭，然後轉身去找個椅子坐。

好吧！至少有一點微弱的希望，也許Yuk會再出現也不一定。雖然現在已經六點多了，關店的時間是晚上八點，這意味著，我只有兩個小時坐在這裡、等待奇蹟出現。

「Chayin！」

相反地，出現的人卻是我現在最不想見到的人。

「Ryu，你怎麼會來？」

「我在醫學院的籃球場打球，遠遠好像看到你的背影，於是就跟來看看，結果真的是你。」無盡的巧合一再地出現在我的生活裡。身穿運動服的高個子直直往我坐的這桌走了過來，兩邊眉毛差點打結在一起，但沒多久後就鬆了開來，當他猜到我出現在這裡的原因時。

「來找 Yuk 嗎？」我點點頭。

「我打給你好多通，但你都沒有接。」

「我……我只是需要一些時間，想一件件來把這些麻煩事講開。」

「哼！要不是正巧在店裡遇到你，我們什麼時候能講開啊？」他一邊問、一邊苦笑。我則是因有所顧慮而無法講出任何幫自己辯解的話。

「對不起。」

「現在我讓你把話講開，這樣你才不用再辛苦地避不見面。」

我是個很怕失望的人，但更怕讓別人失望，因此對我而言，當有一件事需要了結時，都是很困難。

交往過的前任，都是讓他們提分手，沒有一次是我自己開口的，即使我心中已經沒有眷戀了；對朋友也不曾說 No，就算再窮，當 Tor 哥找我去啤酒暢飲時，我就會在喝醉之後，翻包包找零錢給服務生。

那更別說是拒絕來跟我告白的人了，媽的，真的很難啊！但想想，反正總有一天我得說出口。

「Ryu，我一直在想著要找機會跟你說，但沒有膽開口。我顧慮太多，不太懂得拒絕別人，也是因為這樣，讓我覺得不快樂。」我吐露了一大段內心的想法。

「……」

「你也是，對吧？必須等待的人是不會快樂的，所以我想告訴你……」

「我知道你要說什麼。」另一方打斷我的話。

「對不起，我很糟糕。」

我低頭看著自己的手指。坦白說，我完全不敢面對任何人，所有發生的事都是我的錯，我沒有遵守對 Yuk 的承諾，而且我明明已經知道答案了，卻自私地不跟 Ryu 說明白，還留給他最後一絲希望，讓他沒有去愛別人的自由。

就算我跟 Yuk 沒有結果，我跟 Ryu 之間本來就只能是朋友而已。

這一幕一點都不有趣，我想再次回到喜劇的生活之中，但怎麼那麼難？

「Chayin，不是你很糟，是我自己來得太慢。」

「跟來得快或慢沒有關係，我想道歉的是，我沒有直接拒絕你，所有發生的事情都是我的責任。因此，你不用等了，無論我跟 Yuk 的答案是什麼，我們之間也許只能這樣。」

「……」

「你要打我也行，是我浪費你的時間等待所應得的。」

「真的可以打？」我嚇了一跳。

「如……如果輕一點的話，會比較好。」

「我怎麼可能打你？你一開始就拒絕過我了，是我還纏著你不放。認真問，我到底哪裡比不過Yuk？」

「……」

「念書的時候，我比他厲害；真要比受歡迎程度，我絕對也贏他；唸的是知名的大學；說到家庭背景，我更有信心自己超過他好幾倍；更不用說工作的職位了，我的人生裡一切都很穩定、可以照顧你。Yuk有哪樣比我好？你試著說給我聽聽看。」我只能搖搖頭，這人學醫是真的，但幼稚的部分跟我一點差異也沒有。

「我從來沒有拿你們兩個相比過，沒有誰比不比得過誰的問題，只是跟誰相處比較舒服而已。」

「所以你每次跟我相處都不舒服嗎？」

「舒服，很舒服。」

「那為什麼……」

「大概是因為愛吧。」

「……」

「那沒有什麼可以清楚解釋的理由吧。看過有些情侶，一方很不好，但仍盲目地愛著嗎？那就是唯一的理由，但Yuk沒有那麼糟，當然，也許沒有別人那麼好，但他就好在是他。」

「聽你說成這樣，讓我好羨慕Yuk呀。」

「羨慕他幹嘛？也許跟我在一起，你才是倒楣呢。我又沒什麼優點，很窮、還懶得工作、喜歡發脾氣，有時還常亂講一些寂寞什

麼的，外加欠揍得很。你這才是運氣好啊，Ryu。」嘴巴上說，手還伸過去拍拍他強壯的肩膀，作為安慰。

「如果你覺得那叫運氣好，我也只能接受了。但我可以要求一件事情嗎？」

「你說。」

「如果哪天，你跟 Yuk 沒有結果，可以回頭來找我嗎？我不是在等你，只是萬一那時候我們兩個都沒有伴，還可以互相照顧。」

我笑了，一個我自己也不知道為什麼的笑。

「你這算是詛咒嗎？」

「以防萬一而已，未來沒什麼是確定的。」

「也對，但奇怪的是，現在的我……」

「……」

「我沒有想過那個沒有 Yuk 的未來。」

我感覺有說不清的安心，就好像將胸口的大山移走了，有機會讓呼吸順暢一點。事實上，拒絕，或者說直接坦承自己的感受，也不是那麼令人恐懼的事情，反倒是在明知沒有希望的情況下，還給別人希望才是可怕的事情。

現在我回到家了，攤倒在床上，感到心安。第一件要做的事情就是將這些事情講給好友 Bird 聽，反正他從最開始就很認真在傾聽了，一有結論，我也想讓他是第一個知道的人。

『什麼事～～～這麼一大早就打來，不會不好意思嗎？』我瞟了一眼床頭上的鬧。靠！忘記那邊天剛亮，而且接電話的這個還是

屬於日夜顛倒的那一群。

「抱歉啦，我真的忘了。」

『那我先掛電話了，我要睡覺。』

「Callisto就是大熊！」

『啥？快說是什麼情況！』先前還不甘不願的，現在呢？聲音聽起來有夠興奮的！就說吧，我們這屆的人沒有誰能比我跟Bird還八卦了。

「Callisto，也就是Yuk，他跟在MSN上跟我吵架、天天用你的程式鬧得我頭疼的那個人，是同一個人。」

『誰跟你說的？』

「JJ。我特意約他出來，想把先前在MSN上告白的事情講清楚，但誰知道，他就這樣跟我說了真相。」

之後，鳥神就佔據了我接下來的所有時間，我們聊了好久才終於掛了電話，再次驚覺時，時間已經來到快凌晨兩點了。到底有什麼事情要聊那麼久啊？真替我自己覺得累，但這樣也足以安撫我，這不是什麼不尋常的事情了。

Yuk是在我遠離情愛多年之後，所發生的愛情；是一首發自真實感受的情歌，不是因為為了製造氣氛或感覺、為寫而寫的歌。

因此，我才想把一切做到最好，接受真實的自我，並終於停止迴避問題。

凌晨三點，我洗好澡、準備睡覺了，但手上還是拿起手機、點點按按，為了看對方是否回了訊息，當然答案還是一樣：沒有。但我的感覺並沒有多糟，明天一切都會變好了。

「大熊，晚安。」

不知道 Yuk 現在在哪裡？在做什麼？有沒有想起我？這些問題並沒有答案，但我仍舊一而再、再而三地問自己，直到睡著。

隔天一早，我衝到房裡小小的書櫃前面，找出所有村上春樹的書，並將他們排好清點，每一本從大個子那裡得到的書，我都收得好好的，有些讀完了，有些還沒機會打開來看，但相信嗎？我心裡記得它們每一本是怎麼來的。

「《世界末日與冷酷異境》、《挪威的森林》、《舞，舞，舞》……」我念著封面上的書名，從第一本到最後一本，然後發現我所擁有的書幾乎收齊了。

只缺唯一的一本。

當我去翻閱作家的歷年作品時，發現自己缺少的那本書就是村上春樹好久以前寫的《聽風的歌》。

這就是我思考出來的藉口，關於我要如何去見 Yuk，然後，當我們直接面對面，那時我要先說什麼才好？

是「你好，最近如何？」還是「書還缺了一本，所以想來問你。」好？

「發神經喔！」我罵完自己，就站起身，趕緊拿了浴巾去洗澡及打理自己。

我在衣櫃裡挑了很久的衣服，想著要穿什麼才能讓自己看起來最好看，但最後我發現，還是穿得像自己最有用了。

Bird 建議我要吃早餐，說這樣對身體好。他有什麼毛病啊！

但我還是照著他的建議做了，為自己在奔赴戰場前，準備了一頓豐盛的早餐。等我意識到自己應該回去再準備齊全一點時，已經是站在某個人的房門前了。

　　沒錯，他的公寓是不讓我進入，但是我為何要如此有禮貌、先等主人允許呢？我可以假裝跟別的住戶一起通過大門、進入電梯，裝做自己也住在這裡就好，雖然明明不是，嘿嘿！

　　「你做得到的！你可以！」除了寂寞，還一天比一天瘋。

　　我越來越常跟自己說話，連現在都還講不停，這大概是唯一一個方法，能讓我在對方門口時，能夠放鬆、不會太緊張。

　　三……二……一！

　　叩叩叩。

　　我敲了！媽～我敲門了！

　　心臟跳得很快，手在發抖，雙腳幾乎要失去站立的力氣，肚子裡通通都在翻絞，這些感覺在我身體裡混戰了很久，然後才因屋主沒有反應而安靜了下來。

　　現在緊張開始變成了難過。

　　叩叩叩。

　　我用了力氣再敲一次門。裡頭的人一樣沉默無聲了很久，也許他不在家或者不方便見面，我的腦海裡閃過各種想法，但突然間，房門不明所以地被打開了。

　　就算門只開了一點小縫，我也清楚站在面前的人就是 Yuk。

　　「你怎麼會來？」他用沒有起伏的聲音問，所以我趕緊鼓起勇氣回答。

「我偷跑進來的，因為我覺得我們有事情得聊聊。」

「現在我還沒有空，可以改天嗎？」大個子作勢要退回屋內、把門關上，但我速度快了一點，立刻抓緊大手的手腕，然後用嚴肅的聲音說：

「可以聊一下嗎？」

「現在還不是時候。」

「你不讀我的訊息、電話也不接，現在可以讓我先說一些事情嗎？」Yuk 掙開我的手，但哪裡也沒去，只是安靜地站在那裡，似乎在等我把想說的事情講完。

「Yuk……」

「……」

「那天的事，是我的錯。」OK，這時間點大概來不及替自己找理由了，這是我無可爭辯的錯誤，但我瞇起眼看著面前的人，觀察了一下對方的反應後，才繼續說：

「我知道我跟你有約了，但還是不願意直接拒絕 Ryu，因為我以為一定可以趕上，但事實卻不是那樣。一回來，看到你在門口等，我很害怕，害怕會失去你。我不是故意要趕你的，但因為我腦充血、亂講話，導致所有的事情都變得一團亂。」

Chayin 先生的自白被公開在大個子面前，現在要如何決定我的人生，大概就是這位冤親債主的職責了。

「Chayin，我知道你又困惑又傷心，但我只是想給你一些時間，仔細去回想自己的感覺而已。」

「我一直都覺得，我喜歡你，很喜歡你！」

猛一看，這真像是八點檔裡的陳腔濫調，一直告白有夠無聊的。但對我而言，這是我第一次這麼做。

　　剛才那句話每天都在我腦中迴盪，它要我去做些事情，只要能拉住他，不管做什麼都好，這樣我就不用為了隱藏自己的感受而覺得不舒服，接著我鼓起了所有的勇氣，來說明我自己的感受。

　　「Yuk……你……」

　　但聽的人似乎沒有我所想像的開心。這時，我像是再次被推進深淵一樣，什麼也來不及反應。

　　「那對Ryu呢？」

　　「Ryu只是朋友，我從來沒有對他有額外的想法。」面前那人的目光稍微軟了一點。

　　「那讓我問你幾個問題，你只要照個自己的想法回答就好。」

　　「好，我什麼都答。」

　　「你在MSN上跟大熊聊天的時候，你的感覺如何？」

　　「很輕鬆。」

　　「那當對方說喜歡你，你感覺好嗎？」

　　「就……有點怪，但感覺不糟。有人來跟自己告白時，每個人都會感覺很好吧。」越是知道那個人是誰，我的答案就越是清晰。我也疑惑過好多次，為什麼會同時對好幾個人有好感。

　　但事實不是這樣的，我喜歡的人只有一個。

　　「那Ryu說喜歡你的時候呢？感覺怎麼樣？還沒辦法回答也沒關係，我繼續問。當JJ坐在你前面，而你決定拒絕他之前，你對他有好感嗎？」

「⋯⋯」

「最後一個問題，從我說喜歡你的那天到現在，你對我的感覺有沒有改變？跟進到你生命中的其他人一樣嗎？我似乎問了很多問題，但不是要你現在就做決定。回去想想吧，你的愛情到底是什麼樣子？」

「⋯⋯」

「再好好看一次，去分清楚哪個是愛情、哪個是寂寞，然後你也許會找到自己的答案。」

這是我得到的回覆，不是同意的答案，也不是切斷關係的拒絕，而是給我機會、有時間去問自己的心。雖然我自己十分清楚，答案大概不會變了，那就是，即使我一開始認識時，對誰有怎樣的感覺，但我心裡終究只有那麼一個人。

「我很清楚，我現在就要告訴你。」我自信地說。

「不用這麼急著回答。」

「不行！我總是感覺，我們見不到面的時期很糟，我很清楚跟你在一起的時候，感覺有多好、有多快樂，我喜歡你這個人，跟別人不一樣的你、是大熊本人的你。」

「你知道？」

「對，JJ告訴我了。過去，大熊就像是一個單純的朋友，我對他沒有多想，那是因為我只執著在你身上，但當我知道真相時，我覺得更放心了，不管是我愛的人，還是在寂寞時聊天的朋友，他們都是同一個人。」

喜歡一個人很難，一開始我並不期望會有一個這麼愛我的人走

進生命裡。被愛的一方常會覺得，我們不用多努力什麼就有人愛，也不錯。不過，奇怪的是，我發現自己慢慢失去了信心，因為把所有的愛都回報給對方了，等到認知到時，我卻已經脫不了身了。

「Yuk，我什麼都會做，只要你相信我是真的愛你就夠了。」

「……」大個子沒有任何回應，時間一久，我開始覺得焦慮。

我害怕真的會失去他。

「你想跟我睡嗎？」

「Chayin，你在說什麼？」

不知道，我自己也不知道為什麼會這樣說，但如果這能讓 Yuk 重新對我有感覺，或者跟原本一樣愛我的話，那所有的冒險就值得了，無論是必須失去什麼都好。

「我會給你所需要的一切……只要你說出來。」

「Chayin！」

「你想不想戴套？不想也沒關係，我……我怎樣都好。」

「……」

「你喜歡在床上或是在哪裡發生關係都可以，我通通不會反對。你想要我叫多大聲，然後一直喊你的名字，我也都會做。」邊說，眼淚也掉個不停，我覺得自己跟他在一起的時候，非常脆弱，也非常像個孩子。

而當那雙大手伸過來，從兩側捧住我的臉時，我更覺得自己比原先更像個孩子。我們四眼相對，我唯一所期待的答案就是對方接受我的愛。

「Chayin，愛不是把一切都給對方。」

「但你也曾把一切都給我。」

「我不是把一切都給你，只是接受你的所有模樣而已。」

「那⋯⋯那我也接受。」

「⋯⋯」

「現在我知道你有多重要，以及當我在乎別人比在乎你多的時候，那有多糟。我失約、我曾經拒絕過愛情、我曾經把你想得很糟糕，但現在跟以前不一樣了。」我把什麼事情都說了，任它們照著大腦的指示傾瀉而出。

「你知道我早上做了什麼嗎？」

大個子搖搖頭。

「我把你曾給我的每一本書拿出來排好，每一本書是何時拿到的、當時的感覺如何，我通通都記得，但還有一本書是你還沒有給過我的。對，如果你還是一樣愛我，可以帶那本書給我嗎？」

「Chayin⋯⋯」耳熟的低沉嗓音輕輕地回答著，而我正在期待他的答案。

「⋯⋯」

「對不起，但那本書，我已經給別人了。」

所有腦海中準備好的字句都消失了，只剩下壓在胸口的大石頭，讓我得將所有要說的話吞下去。出門前想好的狀況不是這樣的，而當它出錯的時候，我也不知道接下去該怎麼做了。

「誰？你給了誰？」

「Dream。」

前女友，一個我還清楚記得的名字。

我抬起手臂、擦掉眼淚，然後用力地衝上去抱住眼前的人。

　　「可以不給嗎？可以不要給她嗎？」

　　我很自私，而且也沒有那麼好心。讓我瞬間衝上去抱他的原因，不僅僅是吃醋，而是恐懼，恐懼即將到來的失去。

　　Yuk 沒有抗拒，但也沒有如我所想地安慰我，我抓住他靜靜站著的時機，任性地湊上去吻他，然後用我所有的力量，將大個子推進屋內。

　　「Yuk！」就在那個時候，某個人的聲音像隻無形的手，用力地往我臉上打過來。我離開結實的胸口，然後轉過去找聲音的來源，直到發現有個女生頭髮凌亂地坐在沙發上。不知道她坐在那裡多久了，但應該久到足以看見告白的場景，以及我所有卑微的舉動。

　　這個外表出色、打扮很有個人特色的女生，我曾經見過她，還知道她以前對 Yuk 有多重要。

　　「對不起！對不起親了你。我……我想我該回去了。」

　　「Chayin，冷靜一點。」

　　「今天來得不是時候，你真的沒空，哈哈。」

　　「等下我送你下去。」

　　「不用……為什麼你不一開始就告訴我，你的感覺已經跟以前不一樣了？」

　　「……」

　　「只是回我訊息或者打電話跟我說也行，說你不愛了，叫我想去哪、就去哪，不用來獻身，或者說那些讓你感覺很糟的話。不管怎樣都比現在這樣好。」

好好笑，原來我做過最大的白日夢就是預期自己能夠讓他再次愛上我。

然而那並不是真的……

第十三章 |

寂寞又來招呼

　　我知道，這世界上還有許多事情是我們人類得面對的。

　　曾經以為，我們長大之後，就會更加勇敢，無論是多令人恐懼的事物出現，最終都能克服它。但誰又會知道，期望與現實是不一樣的。

　　有些事物是我們無法控制的，像是水、風、天氣、命運，甚至只是人的感情。

　　「Chayin，別亂想，你得先理智一點。」大個子的話讓我楞了一下，才想起自己沒有權利這樣做。

　　「對不起，是我太蠢。」

　　「事情不是那樣的，但你現在可以幫個忙，先回去嗎？」

　　「……」

　　「我之後會把所有事情解釋給你聽。」

　　「大概……也只能這樣了吧。」

　　我不是什麼會傾聽的人，但仍想讓自己有機會去聽到任何一點從他嘴裡說出來的解釋，這樣或許就會知道，我們之間是該喊停還是繼續下去。

　　「等等我送你下去。」

　　「Yuk！」還沒來得及轉身，有個聲音就制止了大個子的善心。

我轉過去看了一下坐在沙發上的那個人，然後點頭表示明白。

現在很多事都不需要說了，就算我再想知道或者有多無法理解，都該收在心底。我不想在別人的眼裡看起來很糟糕，但要像這樣忍住情緒、冷靜下來，實在不是件容易的事情。

顫抖的雙腳跨到了門外，我帶著疑惑、沿著走道走得很慢，心裡還期待那些可能性不高的事情，我仍在想，出來追我好嗎？或是，說些讓我安心的話，不管是什麼都好——告訴我是我誤會了、告訴我是我自己胡思亂想——什麼都好，只要不是像現在這樣，讓我回去等待渺茫的希望。

為什麼不能現在說，因為很在意她、怕她會傷心嗎？那我呢？

決定要愛他的時候，我拋下了所有的恐懼。

卻忘了失望也是一件令人害怕的事情。

我強迫自己不要往回看，但還是輸給了自己的感覺，而當我回過頭去時，所有創造出來的希望就碎得一乾二淨了——Yuk 沒有跟出來，屋子的門還是緊閉著，就算我站在那裡、再等上一個小時，結果還是一樣。

回去等待大概是最好的方法了，我知道沒辦法再多做什麼，只能躺在床上，帶著希望、守著時間一分一秒地過去。

一秒……兩秒……三秒……

我討厭等待，越來越能理解Yuk那天的心情，我讓他在我家門口枯等了好幾個小時，而是不是正是因為這樣，他對我的感覺就開始改變了？

都是我的錯，對不起，是我的錯……

一直想把這些話告訴他，但都沒有機會說。還要多久時間才會過去呢？我快要受不了每一次自己感覺軟弱的時候了，我不再是從前那個Chayin，能接受所有不好的事情。這都是因為他改變了所有的我。

時鐘照著原本的節奏在走，只有我覺得它走得特別慢。我睡不著，也無法做任何事情，更不用說寫歌了，只能躺在床上翻來覆去，看著窗外透進的光線逐漸改變了顏色，現在已經快要晚上了。

夕陽餘暉時的光線，更令人感覺抑鬱。

晚上七點，我起身去浴室，洗把臉後才回來滑手機。有好幾次移到某個聯絡人的頁面，上頭寫著正是我在等的那個人的名字。我想打去找他，但也知道無論如何，對方都不可能接電話，唯一能做的事情是繼續等待，他叫我等，我就得等，就算不知道，這樣等下去……他到底會不會出現都無所謂。

鈴～～

手機的來電聲在九點多時響起，我趕緊快速地抓過手機，但還是失望了，打來的人並不是Yuk，而是唯一一個會擔心及追蹤這件事的人，那就是Bird。事不宜遲，我馬上按下接通，然後輕輕地出聲：

「怎麼了？」

『問你咧，怎麼了？有什麼消息嗎？講清楚了嗎？』對方劈頭就問，至於聽的人被這麼一戳，心就立刻沉下去了。

「還沒。」

『你還好嗎？媽的，聲音聽起來很糟耶！』

「我今天去找 Yuk 了。」有時候我只是需要有個人聽我說，不安慰我也沒關係，只要在我身邊沒有人時，像這樣陪著我就夠了。

『嗯，那有見到面嗎？他怎麼說？搞不定的話，我打去幫你解釋也可以。』

「沒有用，Yuk 叫我先回家等他，應該沒多久就能聊聊了。」

『你們幹嘛不在那個時候聊？』

「Yuk 不方便。」我沒有把事情全部說給 Bird 聽，或許是因為擔心自己想太多，外加也不想讓別人覺得 Yuk 不好，所以選擇只告訴他能講的部份。

『好吧，大概懂，之後應該就能講清楚了吧。對了，我說你啊，有吃什麼東西嗎？』

「我不餓。」電話的另一頭嘆了一口氣，大怪胎安靜了好一下子後，才出聲回應我。

『媽的，要是我人在泰國，我真的會開車去爆揍你屁股一頓。去找東西吃啦！』

「Bird……」我甚至不在意他的恐嚇，只顧著問自己想了一整天的事情。

『幹嘛？』

「如果，假設說我跟 Yuk 沒有成功在一起，你說，我該怎麼辦？」

『你跟前女友怎麼分手的，就一樣的做法啊。』

「不一樣，那時我們都不愛對方了，但現在我……我還愛他。」

第一次見面的時候，我對他沒什麼感覺，第二次跟第三次也還是一樣。

就連他第一次跟我告白的時候，我仍然沒太多的感覺，還懷疑地問了自己是不是麻木不仁。一開始是真的沒有喜歡他，但現在，我卻無法否認自己愛他，以及完全無法否認自己的心痛。

『Chayin，每段關係的目的地並非都是交往，你們還可以當朋友啊。』一聽到這句話，我立刻搖搖頭。

「我並不想跟Yuk當朋友。」

『……』

「就算有人可以做到，但對我來說，不可能有那一天。」

我不曾做過事與願違的心理準備，我的想像中大多都是我們交往、一起過日子之類的。但如果事情不是那樣，我該怎麼辦？

無法當朋友，也無法相愛，那或許只能是──回憶。

當我掛掉遠在地球另一端的好友的電話時，已經接近晚上十一點了，然後又回來抱著希望、等待某個人的消息。我已經待在原地將近十個小時了，讓床成為心的休憩處，然後一再地催眠自己的心──沒什麼大不了的，一切都會好起來。晚點他就會來了、晚點敲門聲就會如自己所想願地響起。

半夜，曾經平復的心又開始七上八下，我繞了屋內一整圈，拿起手機並決定打給大個子，不再擔憂會被看得多糟。

『您所撥的電話，現在無法接聽……』

眼淚突然就流了下來。我不該是這個樣子，不該為了愛情如此

受傷。明明就曾跟自己說，我不會再輕易地跟誰開始一段關係，但我最終還是得把自己的口水吞回去。

如果要怪是誰讓我受傷，那大概是我自己吧。是我明知道待在牆裡已經夠好了，卻還是跨出了高牆。

凌晨一點……

仍在床上翻來覆去，身體一點都不感覺餓，即使喉嚨已經太過乾啞，而同時懸在心上的忐忑不安仍然沒有消退，只能強迫自己閉上眼去睡，雖然我知道，這跟一開始躺著不動沒有什麼不同。

凌晨兩點……

我決定走出來、坐在沙發上等，避免在敲門聲響起時，自己無法立刻去開門，而讓對方等太久。在等待的時間裡，我拿起吉他，一陣陣地彈著，試圖消去自己的胡思亂想。

將注意力專注在一個點上很有幫助，但那也只能維持一段時間而已。

凌晨三點……

我開始問起自己，給他機會這件事是對的嗎？如果能回到過去，我仍會想發展我跟 Yuk 的關係嗎？這些問題不斷地盤旋在我的腦海之中，但終究沒有得到答案。

清晨五點，我懷著希望等了一整夜，但得到的結果卻是一場空虛，我等的那個人連個影子都沒有看到，沒有敲門聲、沒有任何能讓心裡覺得比較舒服的解釋，我不想讓自己想太多，卻還是忍不住會去想。

屋裡有前女友已經讓人很受傷了，但更痛的是那個女生的模

樣，令人很難相信，什麼事情都沒有發生過。

Yuk 跟 Dream 曾經交往過，他們以前相愛過。

靠，一想到所有 Yuk 曾對我的好，以前也曾替她做過，當下就更覺得受傷。不會有了，要對我好的人，這世界上只有一個，對我的不滿負責並不是他的責任，我自己才是那個該把自己情緒處理好的人。

清晨六點，我去沖了澡、刷了牙，雖然一點也不餓，但還是找了簡單的食物填飽肚子。打理完自己之後，就走去臥室、將一些衣物收到包包裡。我腦中也不知道應該做什麼，或者決定要去哪裡，只知道不該待在這裡太久。

我是個沒有太多朋友的人，想去投靠誰還會擔心對方不方便，所以只好選擇自己承擔一切。

帳戶裡還有一點錢，足夠支付旅費、住宿費，及一段時間的餐費。雖然我選擇逃避是有一點糟糕，但相信我，這是現在最好的方法了。

我給他時間、我等候，但人的忍耐總是有結束的一天。

如果 Yuk 真的在乎我，他一開始就會跑來跟我解釋所有的事情了，怎麼會放我等那麼久？至少……打來講一下，說他今晚大概不會來了，哪天有空再聊，這樣也好一點。

我送了訊息給家裡，簡短地告訴他們，要出去玩、要逃離塵世一週，之後我關掉了所有的聯絡管道，希望這樣足以讓我獨自回顧所有事情。

運氣很好的是，我兩個月前收到一個外府演唱會的邀請郵件，

起初還覺得應該沒有足夠的空檔可以去，卻沒想到，突然間就想找些事情來做。

「Yuk……」

「什麼？」

「你喜歡我的原因是什麼？說是因為我長得帥，大概也不是吧，然後我也沒有錢，還背著公寓的貸款，我沒有為你做過任何一件事，你到底為什麼會喜歡我？」

「因為你讓我成長，也因為你，又讓我變回孩子。」

「……」

「我討厭成為大人，因為有太多責任要背，我想要當個孩子，不用思考太多，只要一天過著一天，但時間卻無法將帶我回到童年。」

「……」

「第一次與你的相遇，讓我想成為大人、想要照顧你、想要去承擔每一件與你有關的責任；也是你的天真、你的孩子氣，讓我同時能回到孩提的時光。……你就是一切。」

我還記憶猶新。

那晚他告白的字句，他說他喜歡我、喜歡那個叫Chayin的人的一切。這大概就是我最能拿來安慰自己的話了。

早上十點，在將一切檢查就緒之後，我背著包包、走出家門，

但一邊仍沒有停止嘗試跟 Yuk 連絡。想當然耳，答案跟預想的一樣，他關機了，就像是我們的關係似乎必須一起在這裡結束。

如果知道輸了，我就會退後，不會再執拗著、讓誰覺得為難。

「Chayin，你可以自己一個人的！你能夠跟回憶共處。」一路上，我背著背包走著，一邊說著安慰自己的話。

只是回到原本那樣，應該沒什麼難的。以前再寂寞、再孤單，還是可以過下去，常態性地一個人去看電影，一個人吃飯、踩天鵝船，甚至是去看演唱會，一切都曾讓我很快樂，現在應該也沒有什麼不同……

他曾經來到我的生活裡，然後有天他不在了，從好的面向看，至少我們曾經在一起過。但是，就算再痛苦，什麼也無法喚回了。

只能帶著他的愛離開，就算現在的愛可能也沒剩多少了。

「沒關係……沒事的……」

「……」

「Chayin，你很棒了！很厲害了！」

這是幾個月以來，在外府旅行的第一天。我沒有追蹤任何社群上的消息，因為關了手機，而且身上也沒有帶著筆電，於是這段時間就成了真正的休息，沒有任何人事物的打擾。

雖然真的被寂寞的牆包圍，但如果這是不痛苦的對價，那也算是值得。

民宿還算乾淨，對我這種經常窮到吃土的人來說，價錢也算友善，食物好吃，氣氛也佳。我身上帶著一本還沒看過的村上春樹的書，所以也就沒有空檔可以分心去想其他事情了。光是拍照跟看

書，一天就過去了。

　　第二天，我的行程照舊，不過沒有把書帶出來，因為在睡不著的時候陸續看完了，只花了一個晚上，因此只好將休閒時間拿來在附近遊玩，像以往那樣找一些謀生用的寫歌靈感。

　　晚一點就回去找食物吃。深夜的時候，我躺在房間的陽台上看星星，這裡觀星非常清楚，星空美得絲毫不亞於在曼谷公寓的樓頂看到的。

　　我並沒有預期會在這裡待到何時，覺得沒錢了就回家，而壞消息就是，錢大概只夠我待到演唱會的最後一天而已。生來就窮，追尋夢想有時也不能吃，而且，既然都愛上他了，就得為了無法如願而痛苦。

　　於是，我努力想要死心。

　　但那一點也不容易，因為我仍想著他。Yuk 也會有點想念我嗎？我一再地這樣問自己，但還是不曾知道答案。

　　演唱會當天人山人海，我站著不動掃視四周的環境，有些人跟一大群朋友一起來；有些人跟愛人一起來；有些人跟好友一起來；也有一些人帶著勇氣獨自前來，而我也是其中之一。

　　以往的感覺再次回到我的腦海中，從前我跟寂寞怎麼相處的呢？那時很厲害，現在應該也不難吧！接受、承認事實，再不久就會過去了。

　　「喜歡這首歌的人，可以給我一點聲音嗎？」

　　「喔喔喔喔喔！」舞台前的拉長音讓所有人都跑著靠了過去。

　　今天有好幾個團來這裡表演，我有信心，無論如何，今天一定

會聽到自己寫的歌，這也就是另一個我會決定跑那麼遠、來外府聽演唱會的原因，不然我其實是個很宅的人，不管是誰也無法將我拉出家門。

活動從傍晚五點開始，一直到半夜。我走去買了罐裝啤酒，之後就走到大舞台的附近，隨著藝術家們的歌曲節奏擺動。

「A Little Bliss」是第五個表演的樂團，在接近十點時演唱《你曾有過的愛》。每個人看起來都投入在悲傷的歌聲中，像是剛失戀不久，同時，也有一些人在不遠處被朋友摟著、安慰著。

沒有人記得我，或許是因為每個人都專注在舞台上的娛樂，所以不太注意周遭，但這樣也好。

悲傷的歌後面換成了一首歡樂的歌曲，大家興奮地手舞足蹈、大唱大叫，直到精疲力竭、臉上及背上都是汗水。我又走去買了罐啤酒，然後一次把它喝光，因為酒精有助於全身上下感覺更興奮。

十點半，另一個我也很喜歡的另類搖滾團「Moving and Cut」在台下眾人的尖叫聲中，開口跟大家打招呼。

這團的歌大多是悲傷的歌曲，因此，有些人準備好要來這裡大哭一場，先前的「A Little Bliss」已經結束了，現在聽眾的心又要投入好一陣子了。

「這首是我們的新歌。或許不用快歌開場有點奇怪，但我們想說，這裡有些人可能是自己一個人來的。」

「咻咻咻咻～」

「還有一些人剛失戀。」

「沒錯～～～～～」

「也有一些人正在逃避現實，是的⋯⋯有些人選擇逃避，是因為這樣才能感覺好一點，逃避⋯⋯是為了逝去的愛情，所以，逃避的人可以給我一點聲音嗎？」

「啊啊啊啊啊啊啊！」

整場響起了回應的聲音，我還是站著不動、直注視著舞台，等到十分熟悉的音樂響了起來。

今晚我與寂寞一起來，我們揹著背包跑了這麼遠，感覺身體中好像有些部份正在破碎，我試圖用不再等待去治療、用過去一樣的生活方式去矯正。

在擁有愛情以前，我是怎麼做的？有什麼感覺？有多麼快樂？

在寂寞來打招呼的日子裡，我並不孤單，只是接受事實，並且與之共處而已。

「請大家幫忙一起唱這首《Escape》⋯⋯」

「我只想逃離 還無法勉強情感
因為過往 沒有給予希望
走下去⋯⋯

但最終我也許還是在原地
一直過著與舊日無異的生活
僅能對失望微笑 也許只能這樣
好久好久」

曾經好奇為什麼心碎的人喜歡聽悲傷的歌嗎？雖然它明明就無法撫慰我們什麼，相反地，卻會讓我們更加痛苦。

　　其實呢，人類就是一種執著於痛苦的生物，強調自己受了多少痛苦折磨，似乎可以將所有的鬱悶發洩出來一樣──有時候，聽悲傷的歌，然後大哭；有時候，不去勉強自己繼續微笑；也有些時候，我們大聲嘶吼著令人淚如雨下的歌曲，直到喪失理智。

　　如果你問痛苦會因此消失嗎？或許無法褪去太少，但以我的感覺來說，會覺得好上許多，雖然還是痛苦，但就算再痛，我們仍能抱持著希望，希望一切都會回復原樣。

「我只求讓我消失

消失到無人在意的夢裡

那裡也許寧靜 天色湛藍 微風輕拂

只希冀 它會很美」

　　眼淚止不住地流了下來，長久以來努力的忍耐崩塌殆盡。在人群之中，我只感受到自己的哭聲迴盪在心裡，而且越來越大聲，停不下來。

「Chayin……」

「嗯？」

「從遇見你的第一天到現在，我也不知道為什麼，但……」

「……」

「我一天比一天更喜歡你。」

他大概忘光光了，只有我還記在心裡。

過去的記憶像流水一樣湧出，面前的景象開始一分一秒變得模糊，最後再也無法忍耐、只能跌坐在地上。

我真的好恨自己，明明就還沒在一起，卻必須如此心碎。

「嘿……你有沒有怎樣？」有個人蹲了下來，一隻手輕輕地拍著我的肩膀，似乎正在擔心我。

「沒事，我……我沒怎樣。」

「有什麼需要幫忙的，可以跟我說喔。」

「非常謝謝你，但真的沒什麼事情。」我很快地眨了眨眼睛，驅走眼裡溫熱的淚水，還抬起手擦了一次，接著才站起身，點點頭感謝面前的這一群人，然後擠過人群，走到外面去。

一週以來的努力，通通失敗了。

現在……我又想起了他。

雖然我跟 Yuk 只認識了一小段時間，不像有些人長達數年，但特別奇怪的是……當我們的關係結束在那天時，每一項回憶卻仍在繼續執行。

我不知道這種感覺哪天會結束，或許是一個月、兩個月、一年、有新的戀情來臨時，又或者……

它永遠都會是這樣。

現實巨輪輾壓回來的速度往往很快，因為縱使我們逃得再遠，最終仍得回來面對既存的一切。

我揹著裝滿髒衣服的背包，身上沒剩幾塊錢回到家，然後用筆電（因為不想碰手機）打開電子郵箱，確認有沒有工作的變化，接著就發現有一封緊急的工作需求躺在那裡，是一個很熟的製作人傳來的。

起初我們有談好一首歌，雖然不趕，但也不是輕鬆到哪時候交件都可以。歌曲是一門生意，而我又需要錢，於是這就成了無法迴避的規則。

這是一週以來，我第一次打開手機，數不清的海量訊息及未接來電被傳送了進來，但我沒有管它們，反而優先聯絡了製作人前輩，而前輩也很快地接了電話，並沒有讓我等太久。

『Chayin，你這傢伙是死到哪去了？』傳來的聲音聽起來氣得不輕，而我也沒什麼好辯解的，只能唯唯諾諾地接受現實。

「對不起，我剛從外府回來。」

『很好，生活很愉快，但這裡的人快要死了！』

「之前就……我有點狀況。」

『失戀喔？』

「……」這回我沉默了。

『不是要叫你處理完失戀的事情就回來寫歌，我知道那很難，但決定要消失之前，可以先發個mail或者打電話來講一聲嗎？這樣我才知道接下來該怎麼辦。』

「Game哥，我可以補救嗎？」

『抱歉吼，我把你的工作給別人做了。』

震驚！震驚之後還是震驚！

「怎麼會！」

『你人不在，也連絡不上，公司的工作還是得繼續下去吧？如果要等你一個，剛好大家就一起死。』

「我知道，但可以再給我一次機會嗎？」沒錢了，更簡單地說就是沒東西吃。心理狀態很糟，而錢包的狀態也沒有好到哪去。

『最近沒有什麼案子可以給你做了。』

「知道了。」

『但想有工作的話，寫首新歌來。自己把整首做完之後，再拿來投，至於可不可行，我再跟審歌會議確認。』

壞消息中還是有著好消息，我笑了出來，開心到幾乎無法坐在椅子上。

「沒問題，哪天要送過去再跟我說。」

『這月底吧。』

「來得及！」我毫不思量地回答。

『那你心中的那些狀況呢？可以跟工作分得開吧？』

「可以！Game哥不用擔心，我可以做到。」

『好，那別過勞死嘿，一個人住，可沒有人可以幫你的！先這樣啦，我有事情要忙了。有什麼額外的疑問，再寄信來談吧！』

掛掉電話之後，我決定再次關掉手機，然後給自己一點激勵——其實工作跟情緒是分得開的！而我就是能做到的人……

屋內的死氣沉沉無助於工作進度，因此，我拿起筆電、寫歌本

及吉他、出門尋找靈感。我有一家常去的愛店，常去到跟店裡的人混得很熟，而且重要的是，他們有私人的包廂，可以讓我在不打擾別人的情況下寫歌。

近傍晚的時候，我來到了店裡，點了最便宜的咖啡及零食來充飢後，就開始寫歌。

「你的咖啡。」老闆自己走過來服務。

「大哥，謝啦！」

「你消失好幾天了。最近還好嗎？」

「就⋯⋯有點糟。」

「人生就是有好有壞啦！是說，那個人沒有一起來喲？」那個人指的大概是 Yuk 吧，我們曾經一起來過，一起交換過靈感，但大概不會再有了。

「大概不來了吧。」

那張笑笑的臉看起來有一點難過。

「今天的播放清單就決定是『名叫 Chayin 的人寫的所有歌曲』吧。」

「謝謝，這對我是很大的安慰！」

「等著聽你的新歌喔！」

「不久後就會聽到了。」

「等待也沒什麼不好，好好觀察，等待會是值得的。」大手移動著把玻璃門關上，讓我再次一個人獨處。不到三分鐘後，音樂聲傳了進來，一整張的播放清單都是我曾寫過的歌曲，這樣也滿好的，讓我不用獨自一個人靜靜地待著。

先前是我自己笨，對不可能的事物懷有期待，然後就發現自己實在很沒邏輯，愛情讓人改變，卻沒想過會發生在自己身上，想法從原本想寫甜蜜蜜的情歌，改成寫像以前那樣的悲傷歌曲。

而且這次看起來還比以往更投入，在有詞曲之前，這首歌就先有了名字：《遺忘……》。

一首歌，有我跟某人回憶的畫面——正在逐漸淡去的畫面。

「要回去了嗎？」老闆一如以往地問著。

「對。」

「今天有成果嗎？」

「沒什麼成果耶。」被許多人說中了，人真的無法將自身情緒跟工作分開。

「好的點子不會每天都出現的，別太逼自己。」

「謝謝你！那個咖啡是多少錢呢？」

「150銖。」

我從錢包裡拿出錢，遞給面前的人，在櫃台前沒待太久，就提著大包小包的東西走出店裡，卻沒想到眼前看到的畫面，會讓我開始變得堅強的心又再次回到很糟的狀態。

「Chayin！」

我有多久沒有見到Yuk了？八天……但感覺卻像是一年。

「你還是來工作嗎？」

我只能打過招呼之後，給他一個微笑。屬於我們的時間結束了，結束在他讓我抱著希望、等了一整晚的那天。

而且那傢伙今天也不是一個人來，他的身邊還有另一個人，那個也許已經變成現任的前女友。我並不想讓自己想太多，但兩個人牽著手這件事，卻讓我忍不住會這麼想。

　　大概只有我會哭泣。眨眼間，許許多多有利於自己的想法都消失了，眼前的才是現實。

　　「Dream，妳可以先進去店裡等我嗎？」大個子轉過去對旁邊的女生說，然後她點點頭，表示理解。

　　「那個，抱歉，但我現在不方便，必須回家了。」現在大概沒有任何想聽藉口的心情了。我簡短地道別後，便要向前離去，但Yuk快了一步，他抓住我的手腕，讓我停在原地。

　　「我們得聊聊。」

　　「沒什麼要聊的。」

　　「你消失了，我聯絡不到你。你知不知道所有人都在擔心你？」

　　「知道。等我哪天準備好了，我再自己打去跟朋友們請罪。就這樣對吧？」

　　「Chayin！」

　　「我……我想回去了，所以可以請你放開我的手嗎？」在我出現更蠢的姿態之前、在我像孩子一樣哭出來之前。

　　「我們還不理解對方。」

　　「對，而且也不會有理解的一天了。當我等你一分鐘、一小時，然後等了一夜的時候，你去哪裡了？」

　　「……」

　　「我很痛苦……夠了吧？夠了！」

最後還是輸了，我還是哭了出來。我真的好想念過去堅強的Chayin，就算再痛苦，也不曾哭出來。

「放手吧！可以放開了。」不久，手腕就被放開、重獲自由。

現在我連他的臉都不想看到，於是只能轉身走開，而就如我所料，Yuk並沒有追上我，卻因為那個女人而選擇走進店裡。

還沒有開始的愛情，現在結束了⋯⋯

一回到家，我將所有的東西丟在地板上，然後將自己摔在沙發上，任由眼淚流下來，希望今天會是又為他而哭泣的最後一天。

不知道自己沉溺在這個可憐的狀態多久了，腦海裡有著各種的想像，直到我想到一個方法——我走向冰箱，拿出所有的啤酒，一飲而盡。我一直都覺得酒精有助於緩解哀傷，而且我想睡著。

每天晚上，我大多都會夢見他，但當我一醉，就什麼也夢不到了，無須跟現實及夢境中的痛苦對抗，即使只是一小段時間，但仍好過每分每秒都覺得痛苦。

空啤酒罐被丟在地上，喝進去的液體擴散到血液中，等到感覺發熱時，第三罐啤酒已經被喝完了。這種不休息、一口氣喝完的喝法讓我醉的速度快上許多倍，但我還是覺得不夠，第四跟第五罐也跟著很快地被喝掉。原本清楚的視線開始變得模糊，身體好像站不穩、正在左搖右晃，我打開最後一罐啤酒，然後拿起來喝，但還沒來得及喝完，我的胃好像就在抗議了，所以我只好搖搖晃晃地走回沙發。

「可以睡了⋯⋯睡吧！」攤下來睡覺，並哄著自己，同時眼淚

仍在不停地掉。

雖然想讓事情快點過去，但這天什麼時候才會來？

我緊上眼睛睡了很久，而我也不知道自己在這個狀態下過了多久，直到敲門聲響起，將我從迷濛的無意識中吵醒。

叩叩叩。

我仍不太在意，只是躺在原地不動，但外面的那個人還是沒有停止敲門，不知道到底是誰在那裡，但在我腦子分析如此之慢的時候，我也想不出是誰，只能甩甩頭、趕走一些醉意，然後將身體拖到門前。

卻沒想到，我的身體會在一瞬間被大個子的擁抱用力襲擊。

「嗯……」我不滿地嚷著，用盡所有的力量、試圖讓自己擺脫另一方的束縛。

「Chayin。」大個子喊了我的名字。

「誰？是誰？」

「你醉了？」溫暖的懷抱及熟悉的氣味，大概也不會是別人了，除了名字叫Satawat的那個人。

「Yuk，你……來幹嘛？」邊說還邊打嗝，真令人討厭。

「……」

「我們結束了……不……不是嗎？」

他不願意回答這個問題，但卻扶住了我的臉，然後自顧自地靠過來吻我，他濕熱的舌頭毫無預警地從唇瓣間探了進來，纏綿逗弄著口腔內中的一切，讓我幾乎失去抵抗的力量。

心裡一方面想推開他，但被抱住的時候卻想一直這樣下去，我

討厭死自己心中的矛盾了。

　　這次的吻並不甜蜜，反而滿是苦澀，但他仍擅長讓我順服，直到靈魂像是被抽離了身體一樣。好不容易願意退開時，兩隻腳差點癱軟倒地，要不是有大個子支撐著，現在的我大概早就已經跌坐在地上了。

　　「你這麼做是為了什麼？」我低著頭，不願意與他對上眼。

　　「……」

　　對於在他面前哭得抽抽噎噎，我已經不感到丟臉了，只是不懂，如果已經不愛了，為什麼不直接說出來。

　　「為什麼……得是我一個人痛苦？還有，為什麼我……會在你已經沒感覺的時候，才愛上你？」

　　「小孩，你喝醉了。等你狀況好一點，我們再談。」我的身體再一次被摟過去抱住，這回他厚實的懷抱用了比先前更多的力氣抱緊，但我搖搖頭。

　　「我不想聽……我不想傷心……不想知道你不愛我了。」

　　我仍然不停自言自語，不久後，身體就被抱了起來，大個子用腳開了門，往臥室走去，然後溫柔地將我放到床上，並作勢要退開。恐懼促使我趕緊抓住對方的手，同時像個沒有尊嚴的人一樣開口求他：

　　「不要走，可以不要選擇她嗎？」

　　「我沒有要去哪。你太醉了，需要擦擦身體。」

　　「我沒有醉，我還有意識。」而且很清楚在這個情緒壓過理智的時候，會發生一些什麼事情；也明白放任事情變成那樣會很痛，但

無所謂了，我無法再克制自己的情感了。

　　內心深藏的情感給了我勇氣去做一些事情。羞恥被拋開，顫抖的手正將自己身上穿的T恤脫掉。

　　「Chayin你要做什麼？」

　　「做愛。」

　　「先冷靜點，現在你不知道自己在幹什麼。」

　　「我知道！」

　　反正都被抱住而無法脫去自己的衣物了，我便轉移了目標，撲過去拉扯眼前人的褲子拉鍊，然後很快地低下頭去、用嘴脣佔據了對方的要害。

　　我感受得到大個子的抽搐，他的大手試圖想把我推開，但我的頑固讓他嘆了一口氣，同時輕輕地說：

　　「Chayin……」

　　「……」他很清楚我不會停下來，只顧著像個瘋子一樣，一邊哭一邊動作。

　　「夠了。」Yuk說的話似乎正在與身體的反應背道而馳，因為那裡的回應一次比一次強烈，沒多久後，他便停下了將我推開的努力，換成撫摸我的頭，像在安撫小孩子一樣。

　　而他的性器開始脹大、填滿整個口腔，導致我只有想吐的感覺，但我也不能去吐，如果我停了下來，Yuk就會逃走，我知道他不滿意、知道自己做的事情很糟、很沒有尊嚴，但是……

　　「別緊張，你先放開。」

　　「……」

「Chayin，我哪裡都不會去。乖小孩聽我說，再這樣下去，你會很難受。」最後還是輸給了他的話，大手推著我再次倒回床上，來自酒精的醉意還餘留著，面前模糊的景象讓我得抬起袖子、胡亂地抹掉眼淚。

「你可以⋯⋯可以跟我睡嗎？」

「我會陪你一起睡覺。」

「不是⋯⋯不是那種。」

我仍不放棄試圖脫去自己身上的衣物，在此同時，雙耳卻聽見疲憊的嘆氣聲，那讓我當下又感覺更沮喪了。

等到我成功脫去衣物，又用了很久的時間，而大個子也放棄制止了，只能站著不動在看，我牙一咬、從腳上脫去最後一件屏障，忍著害羞，然後將身體倒回床上，並期待地等著另一方。

「進⋯⋯進來⋯⋯我的身體裡面。」

「Chayin，你還沒有準備好。」

「進來！」

「固執的小孩，你再醒來的時候，你會因為做了這件事而難過的。」

「不難過！我愛你，我願意把一切都給你。」

「⋯⋯」

「Yuk！」一見到他不回答，我的眼眶又再次充滿了淚水。頭暈的症狀還在，但更感覺到一股熱浪在體內亂竄，讓全身的皮膚開始泛紅。

眼前的人靜了一會兒，然後他低下身來，溫柔地在我的脣上一

吻，高大的身體躺到床上，雙手抱住我，同時嘴脣仍碰觸在一起，灼熱的舌頭戲弄般撫過牙齒，然後侵入內部，吸吮交換著嘴裡的甜蜜，直到唾液從嘴角溢出。

　　但就算已經得到那麼多了，感覺還是不夠，雙手環住對方，抬起頭甘願地接受他的吻。無論他想要的是什麼，我都願意配合。

　　當我們兩人吻夠了之後，大個子便退開、埋頭脫著衣服，不久後，我們兩人已渾身赤裸，我的身體被他從床上抱了起來，直接往浴室快步走去。

　　在蓮蓬頭的熱水底下，我全身每個細節都被清潔了一遍，身體沒有一丁點的力氣，連動都沒辦法動，尤其是當大手抹著肥皂、在身上各處遊走時，我不禁一陣又一陣地抽搐，然後濕透又無力的身體幾乎要癱軟倒下。

　　「小孩，我沒辦法一直忍下去了。」低沉的嗓音在我耳邊低語，之後他將我抱回床上、擦乾身體，接著也跟著躺了上來。我觀察到他的重要部位比原先的樣子腫脹了許多，它的硬度讓我全身寒毛直豎，從一開始的嘴硬轉變成無法克制的恐懼。

　　「我們沒有套子、沒有潤滑，你還要我繼續嗎？」

　　這次我點點頭，都到這個地步了，不管最後會如何，但我都不會對事情的發生感到遺憾。

　　「你不會難過？」

　　「嗯。」

　　「你會聽我的解釋？」

「會。」

「如你所願。」說完那些話，Yuk 就將我的手腕壓進了床墊之中，然後低下身來從我的額頭親起，接著移動到鼻子、嘴脣，還有頸部。

「啊⋯⋯」當耳邊及脖子附近的肌膚被啃咬時，我不小心讓呻吟聲溢了出來，而他仍繼續在動作，在身體各處留下輕微的疼痛，無論是鎖骨、前胸、腹部，甚至是我的下半身。

「Yuk，我⋯⋯我⋯⋯」突然間，無法說出話來。

我無法說清楚自己的感受，只能夠不斷呻吟。疼痛、快感及好感通通混在一起，無法區別，只能讓指甲掐進自己的掌心，來回扭著身體去逃避具威脅性的觸碰。

當他越是將炙熱的雙脣壓入大腿內側，以舌頭輕碰作為安撫之後，我的身體就越是不停地顫抖，我試圖伸手去推開對方的頭，但沒有任何效果，手腕還被固定在原地。既然一開始是我自己想獻身給他，就沒有權利可以再要求什麼了。

前戲持續了很長的一段時間，我氣喘吁吁，試圖盡可能地吸進最多的氧氣。先前洗的澡似乎沒什麼幫助，身上各處開始出現小小的汗珠，周遭的溫度像是無止盡一般地在上升。

雖然分身沒有直接被碰觸，但我仍一次又一次地抽搐著，為什麼我的身體反應如此劇烈呢？那附近開始流出清澈的體液，興奮讓不舒服的程度又加深了數倍。

「Yuk⋯⋯我可以⋯⋯可以幫自己弄嗎？我不行了⋯⋯不行了⋯⋯」我話不成句地說著，但身上的人卻一點也不願意還我的手

自由。

「小孩，可以等一下嗎？時間還不夠。」

「但我不舒服。」

「再忍耐一下。」

「多久？」我問著，雖然眼淚已經在眼眶打轉。

這回，他選擇不回答，但把頭移上來又吻了我一次，像是讓所有的愛撫從頭再一次一樣，而且當他的舌頭直接碰到我的胸前時，比先前流連了更久。

「啊！」

「舒服嗎？」

「舒服……嗯！」

「嘴巴張開一點。」我順從地照著他的指令，然後Yuk將手指伸進了我的嘴裡，讓我把它舔濕，透明的口水沾滿了整張嘴跟手指。我的情緒及興致再次被挑起，開始呼吸困難，但這次Yuk沒有放任不管，他拉出了手指後，用平穩的聲音要求：

「腳打開一點。」

我火燙的身體像是掉進寒冷的冰河裡，某些恐懼又再次來到我的心裡。

勇氣與恐懼在腦海中不停地打架，令人不知該如何是好，只能躺著不動。

「Chayin，相信我。腳打開一點。」他雖然嘴上那樣說，但空著的那隻手已經將我的雙腿分開了。

沒多久，一顆小枕頭被放到了臀部底下，我緊閉著雙眼，感覺

加倍的害羞。

　　Yuk 已經將我全身上下都看光了，光想就不知道該把臉往哪藏，只能將它埋進枕頭裡，卻沒想到最後被抬起來與他面對面。

　　「小孩把眼睛打開，越閉著眼睛，你會越害怕。」

　　「對不起，我先前話講太快了，嗚。」

　　「我們在這裡停住也沒關係。」

　　「不要，不要停下來。」

　　嘆氣聲又響起了一次，我看向他銳利的雙眼，然後決定把一切都交給他。

　　「我相信你。」兩邊的眼瞼都被安撫地吻了吻，接著上方的人開始跟我解釋正要進行的事情，緩解我的緊張及恐懼。

　　「我們得擴張通道，你沒有經驗，因此可能要花些時間，口水跟乳液會幫助我的手指更容易進入，所以別太緊張。」

　　我點點頭，深吸一口氣，一邊偷瞄大個子往腿心移動。

　　食指繞著後穴的周圍移動，寒涼的觸感讓我不自覺地想合上雙腳，但還沒來得及併攏就再次被他拉開，同時一根指頭正在侵入我的體內。

　　「小孩，放鬆！」

　　「呃！Yuk，我⋯⋯我⋯⋯覺得怪怪的。」我感覺到有異物緩慢地推進體內，但卻帶來巨大的不適感，讓我必須叫出來。

　　「Chayin，你很棒了！再放鬆一點，我進不去。」另一邊的大手來回撫摸著我的臀部，像是在幫助我放鬆，但我不知道該怎麼做才叫做放鬆，所有的事情在我腦海中糊成一團。

「我做不到。」

「可以的，把腳放鬆。」雙腳怎樣我是不知道，但從將床單掐到皺掉的手指卻可以看出，我辦不到。

「我好糟糕，讓你感覺不舒服。」

「小孩！這樣吧，我們牽著手。」大手從臀上移過來抓住我的手，然後放到明顯可以感受得出緊繃的肚子上面，「然後，看我的臉。」他又說了一次。

我深深地看向他的眼底，看見了擔憂與溫暖，這讓累積的恐懼慢慢地消退了許多。

「就是這樣，很好。」

「啊！」不經意地呻吟了出來，在第一根手指完全進到體內的當下，接著等了一會兒，等到身體能適應異物感之後，他開始慢慢移動手指進出，這動作不太感覺得到痛，但帶來的快感讓我不得不咬住嘴脣去發洩自己的感受。

「好小孩，你很棒了。我現在要放第二根手指進去，一樣要放鬆喔。」

他的話像是一個讓我調整身體的信號，在大個子說完的瞬間，後面的通道又再次感到緊繃，而且那傢伙這次還曲起兩隻手指摳揉著內壁，讓我發出忘情的聲音。

「Yuk！啊！」

他用手指在周遭探索，好像在尋找些什麼，我咬著脣配合著，不讓自己動來動去。不久後，他的中指碰到了體內的某個點，不自覺的快感讓我嚇了一跳。

「啊⋯⋯啊！」

而他似乎發現了我的身體對觸摸那一點的反應，於是那傢伙的手指每一次進出後面的通道時，都會輕碰帶來快感的區塊。

我氣喘吁吁，汗流浹背到可以感受床單的濕潤。Yuk 抽出兩根手指，但不久後又塞回原處，同時又多加了一根手指。

十根腳趾深陷在床墊裡，放在肚子上的手握得死緊，緊到覺得大個子的指骨大概要斷了，但我真的忍不住，因為除了快感以外，疼痛與不舒服也一起混雜著。

「呃⋯⋯痛⋯⋯可以抽出去嗎？我⋯⋯不行了。」

「你可以做到的，小孩。深呼吸，再一點點就通通進去了。」

「好痛⋯⋯」

「腳再打開一點。」現在整個下半身都被麻木感佔據，很難再跟一開始一樣照著指令執行，而 Yuk 好像也知道了，他便自己將我的腳拉開。

他抓著我的手握得更緊，盯著我看的深邃眼裡滿是關心，我感受得到他的情感，而我也希望對方能看到我的愛。

「啊⋯⋯」三根手指完全沒入，我轉頭看了一下後面，一邊疲憊地喘著氣。

「看一下我的臉。」

「嗚！」

「那樣很好了，很棒，忍住喔！再一下下，你就會覺得舒服了。」

說了要信任他，就要相信到底。我點點頭，然後在手指緩緩移

動之後，將頭後仰到了極致，對方彎曲的手指在體內製造了一陣又一陣的顫慄，尤其是碰觸到敏感的那點時，一直以來努力維持的忍耐也崩塌殆盡。

「Yuk！啊……啊……求你……」

「……」

後穴被更用力、也更迅速地侵入，我的身體隨著送進來的力量顫抖，全身上下無法控制地扭動著，快感混著折磨來到了最大值，性器分泌了越來越多透明的液體，我想撫慰自己想到快瘋了，於是再次開了口，說出自己的想法：

「求你讓我……讓我做……」

「沒事的，小孩，讓我來。」

他放我的手自由，接著握住我幾乎完全脹大的性器，在前方出力來回套弄，同時後面的手指仍不停地照節奏進出著，所有部分交織在一起、令人發狂。

我張著嘴，將空氣吸滿每個通道的同時，一邊讓叫聲響徹整個屋內。

「我要……我要到了，啊！」

「就出來吧！」悅耳的話語像是面前的一道光芒，我專注地跟著那道光走，直到看到一道白光突然打進我的腦中，所有事物一片純白，讓人很難分清楚是現實還是夢境，只知道感覺很棒。

好不容易明白發生什麼事時，小腹及大腿內側已是一片狼藉、滿是白色的痕跡，房內滿是淫靡的氣味，但就算如此，對方也沒有表現出嫌惡的樣子，而是用手指抹去噴出的液體後，冷靜地往我後

方的通道而去。

　　一開始還以為他沒有感覺，因為他不願表現出任何反應，但現在我知道不是了，意外察覺到對方的性器腫脹到最大，而且現在那處的硬度讓我忍不住忐忑了起來。

　　「Chayin。」

　　那個聲音將我再次從幻想中拉回了到那張帥氣的臉龐上。

　　混沌的狀態讓我做什麼事情都加倍地緩慢，好不容易意識到發生什麼事時，嘴脣又被用力地親了上來，不知道該如何反應的我，只好任由對方主導一切。

　　久到時間像是靜止了一樣，我沉迷在他的碰觸中，像是一場夢境，但也很快地被喚醒，在那股溫暖離去的時候，他撐起身體，跪坐在雙腿之間，兩隻佈滿血管的手將我兩邊的膝蓋穩定地固定住。

　　「乳液可以讓你不那麼痛，所以別怕。」話說到這，Yuk 也靠近過來，然後將他性器的頂端對準後穴，讓它碰觸緊閉的那處，但還是不願意進來。

　　「不要欺負我……我可以了。」好不容易忍住羞澀，將話說了出口，這並不是一件容易的事，但沒有想到的是，我在他臉上看見了代替回答的笑容。

　　「沒有要欺負你，只是……喜歡你那張明明很折磨卻還在忍的表情而已。」

　　他的拇指伸了過來，輕輕地擦掉臉頰上的淚水。我閉上眼睛，因為他的舉動而感到開心，但卻沒想到，那之後的一場大風暴會瞬間摧毀所有的寧靜。

就在硬挺努力想推進來時，我趕緊抬起頭看著後方，恐懼不安幾乎來到的最大值，痛得像是身體正要裂開，即使那處並沒有插多少進來。

「嗚嗚嗚……會痛……好痛……」

「乖小孩，放鬆一點，像我之前教你的那樣。」

「進不來的，沒辦法……」我在枕頭上來回搖著頭。先前是手指，所以覺得應該可以承受得住，但現在真的是他的性器要插進來，我可能會死在這裡。

「Chayin別扭。再動的話，你會流血。」

「嗚……很痛耶……」

「噓！別看下面，看我的臉，你不會有事的。」然後我得到數不清的吻作為安撫，然後我們冷靜下來，再努力一次。

Yuk不願意將硬挺退出去，而是選擇放在裡面，即使進入的部分還不到一半。他在我面前低下身，將手探到背後，然後將我整個人抱住。

得到的溫暖讓一開始四散的理智回到正常的狀態，呼吸也逐漸平復，就算下半身的痛楚還未消失也無所謂。

當我們都比原先準備好的時候，身體上方的那人咬著牙、握著硬挺的分身，一次一點點、一點點地進去體內，裡頭的一切都太過緊繃，緊到似乎不可能完全插入。

「一半了，小孩你很棒，忍忍喔。」我現在明白了，不是只有我在忍耐，Yuk也一樣，雖然他也可以一次進來，但他還是循序漸進地一步一步來。

「再⋯⋯進來一點。」

我心疼他，反正我現在還承受得住。

對方立刻依照我的請求，讓前端持續地往深處去，我們身體每一公分的靠近，都帶著無止盡的疼痛，我下意識地拱著臀部，用力將大個子抱得更緊，直到那處完全沒入。

淚水一滴一滴隨著汗水流淌，只能微微地張開嘴巴吸著空氣、進到體內，同時 Yuk 從擁抱中退開，然後將我的雙腳抬起來、靠在他厚實的肩上，暴露出的私密處比原本更清晰可見，令人不禁感到羞澀。

我抬起手想遮住臉，但還沒遮到就被拉開，然後又溫柔地被吻了一回。

「呃！⋯⋯啊～」

沙啞的叫聲傳遍整個房裡，我無法再忍住呻吟，越是當他開始移動身體，雖然不快，但還是造成了身體的反應，我的身體再次繃緊，腹部周圍感覺疼痛，因為硬挺的分身插到最深處。

「小孩你繃太緊了，我動不了。」大個子柔聲說。

「對⋯⋯對不起。」

「沒關係，放輕鬆。你的裡面讓我⋯⋯覺得很棒。」那句話給了我不少鼓勵，便想起也應該要回報他。

「會痛，但感覺⋯⋯也很好。」

一個大大的笑容出現在帥氣的臉龐上，調整到一個讓 Yuk 比較容易移動身體的點之後，從慢速開始逐漸加快。

痛感擴大到了全身，我咬著牙，忍著一開始的折磨，直到那個

不好的感覺褪去，轉變成了讓我不經意地發出呻吟的快感，直到叫不出來，身體在床上火熱地扭動著。

「呃……啊！……啊……」血液在體內興奮到沸騰，在硬挺完全插入又拔出去，接著又更用力地塞進來，越是刺激到那個敏感點時，體內的心臟就越像是要開戰般的不停劇烈跳動。

我沉浸在初次性愛的濃情密意之中，但沒多久後就轉變成猛烈與炙熱，雖然是第一次，但感覺卻出奇地好。

「Yuk！太……太用力了，嗯～～」我喊得幾乎不成句，當低頭看著正在移動的接合處，大腿內側因為摩擦而紅通通的一片，插入的力度跟節奏使我的情緒高漲，然後一次又一次地被推向深淵。

大手將我的腳放了下來，然後也將我轉成側躺的姿勢。

「啊……嗯嗯嗯……」他再次插了進來，然後專注地埋頭苦幹。

淫靡的水聲迴盪在整個房間裡，我們肉體碰撞所發出的聲音，將情緒激發到了最高點。

「Yuk，我不行了，不行……」

「乖小孩再忍一下，時候還沒到，等一下。」雙眼迷離，接著又被翻回平躺的姿勢，硬挺的分身直插到底，又快、又用力、又深入，被撐開的快感席捲了每一個敏感點，每次內壁被用力擦過時，原有的忍耐就一點一點地減少。

我前面的分身硬到直直豎起，頂端開始流出透明的液體，我伸手想碰觸它、想要釋放，但Yuk卻扣住了我的手腕。

「乖小孩，我們一起到，別怕。」我們十指緊密地交扣在一起，厚實的腰快速地移動進出，讓我的身體在床上不安地扭動。

「Yuk……我不行了。」

「射出來吧。」

話一說完，我的腦子像自動被打開了電流開關一樣，身體抽搐了幾次、達到極樂，在漫佈全身的快感消褪之後，才感受到對方留在體內的溫熱。

他讓我在沒有用手幫忙的情況下到達了頂點，而且那個感覺還被他留在我的身體裡面。

「還能再一次嗎？」

我們在床上喘了約十分鐘後，低沉的嗓音又開口。我不知道該怎麼回答，只能低著頭，最後以緩緩地眨著眼睛代替答案。

鈴～

但還沒來得及開始，大個子電話的來電聲就先響了起來。

我們轉頭看向床頭，那張深邃的臉盯著那裡看了一會兒，然後作勢要拿起來接，但我不想讓事情變成那樣、不想讓別人來打擾屬於我們的時光。

「Yuk！」

「Chayin，等一下，也許有重要的事情。」

「別接，我求你。」

因為不知道要怎麼做才能拉住他，我只好不停地哀求她。

「進來我身體裡面吧！求你……進來。」

「……」

「我愛你，可以……進來我身體裡嗎？」

當然這無恥的方法奏效了，電話聲響一下子後就掛掉了，就算

它再響兩次或三次，也無法讓我們停下交合的動作，任由情感的狂風暴雨又來了第二次，在一切平靜了下來的時候，我已經連挪動身體的力氣都沒有了。

牆壁上的時鐘表示，現在時間已經接近凌晨一點了。我待在大個子的懷抱裡，既溫暖又安全，想要這樣長長久久下去。

鈴～

沒想到，他的手機會再一次響起。我裝作閉上眼睛，但透過聲音及觸覺感知一切，而我沒預料到，對方的行動會讓我一直以來努力欺騙自己的希望，在一眨眼間化為碎片。

他從擁抱中退開，下了床，同時還接了電話。

我也不知道他正在聊的那件事有多重要，但我想，應該比現在的我重要。

Yuk隨便換了衣服，很快地扣上釦子、穿上褲子，沒多久就回到床邊，拿走一些東西，然後打開門離去。

咔！

門把發出被鎖上的聲音。我的四周突然變得非常空曠，起初肌膚之親所帶來的溫暖一點也不剩了，我躺著環抱自己，感覺冰冷，像睡在冰河裡一樣，只能像往常一樣，強忍住正在盈眶的淚水、不讓它流下來。

連要走都不說一聲，光這樣就知道了，努力在做的事情一點用處也沒有。

他拿走了放在床頭的錢包、拿走了手機，把屬於他的東西通通

拿走了，卻丟下我獨自一人在房間裡。

　　結束了，是嗎？

　　曾經問了自己好多次，直到最後有了答案。

　　我知道了，比獨自一人還痛的事情是——

　　有個人走進來之後，又離開……

第十四章 |

某些事情的意義

　　我不知道自己為了等候某個人的歸來，而靜靜地躺在床上躺了
多久。

　　但期望與事實常常是背道而馳的，於是只好咬著牙、在全身疼
痛的狀態下坐起身，每一塊骨頭像是隨時會裂掉似的，全身上下被
疼痛支配到想哭，不知道這樣的折磨到底是來自身體還是心裡。

　　所有的一切正在裂成碎片，原本的Chayin消失了，只剩一個脆
弱的笨蛋待在床上。

　　我並不後悔自己所做的事情，只是……終究得明白，有些決定
也許只能拿回空虛。

　　我現在不想去思考即將來到的明天，也不想去猜測，必須再次
回到一個人生活的自己會是什麼樣子。沒有愛情，沒有期待及多采
多姿的生活，大概只剩下工作去推著生活繼續前進，等待自己哪天
終於變回原本的Chayin。

　　我擠出自己僅剩的一點力氣，辛苦地帶著軟弱無力的身體下
了床，顫抖的雙腳無法好好支撐住身體，所以必須扶著不同東西慢
慢移動，直到成功進了浴室，之後伸手打開蓮蓬頭，任冷水從上沖
下，藉此喚回理智。

　　如果再加上我以前寫過的悲歌，這幕大概會變成很棒的狗血

MV 吧。

　　一開始，沁涼的水幫助我感覺好轉，但接下來，它也給我帶來了寒意，我抱著自己，沉溺在各種腦海迴旋的事情之中，又困惑又痛苦，偶爾也默默恨起自己──為什麼不像以前一樣堅強？為什麼還在期待他會回來？為什麼……

　　我們沒有把該釐清的事情講開。

　　我是個容易情緒化的藝術家，而他是偶爾難以理解的藝術家。

　　「我不懂喜歡你的感覺是不是真的，也許我只是沉迷在你對我的好而已。」

　　「要試著打開心房嗎？你才會知道是真的喜歡，還是想要喜歡。」

　　「那如果我真的喜歡你呢？」

　　「我們就在一起。」

　　「但如果答案不是喜歡呢？你要怎麼辦？」

　　「不怎麼辦。」

　　「……」

　　「就繼續單戀你。」

　　過去的記憶像淚水一樣不停湧出。

　　我希望所有發生過的事情都是真的，希望他那天講過的話不是謊言，就算他現在心中已經沒有愛了也無所謂。

　　水流仍不停地落在身上，水的冰冷讓身上的細毛都站了起來，

我就那樣抱著自己，低頭看著身上每一寸肌膚滿是性愛的痕跡，它們還殘留著、沒有褪去，還有積在身體裡的液體也是一個佐證，清楚地說明曾發生的一切都是真的。

我咬著嘴脣、緊緊地閉上眼睛，然後才終於決定將顫抖的手伸向後方的通道，努力將白色的愛液弄出來，即使我之前從來沒有這麼做過。

我想要他在這裡，安撫我，或者說些可以減少孤獨感的話，但 Yuk 不曾來過。

也大概不會來了……

　　我沒想到自己會有一段時間得在午夜離開房間，原先刻意想與 Chayin 待在一起直到早上，但仍有事情插了進來，讓我不得不有所行動。那個一通又一通地打進我手機的名字，屬於一個熟悉的人，而我知道她正在面對什麼。

　　前女友。

　　這個詞應該要不來往很久了，但它終究還是環繞在我的生活裡。因為不想吵醒 Chayin，讓他在這時候聽到不開心的事情，因此我趁著他累到睡著的時候，靜靜地走下樓。

　　「Yuk ！」有個女生坐在大廳裡等，她喊了我的名字，臉色看起來異常地不好，讓我得走過去，但仍保持一段適當的距離，不讓自己靠得過近。

　　「Dream 有什麼事嗎？而且妳怎麼知道我在這裡？」我沒有說過自己人在哪，而且也確定不曾將 Chayin 的住址說溜嘴，因為我不想讓雙方擔憂。

　　「我問 Top 的。我現在感覺不太 OK。」她說著，臉色黯淡。

　　「那藥吃了嗎？」

　　「吃了，但不容易啊。Yuk，那很難……」Dream 說得像要哭了一樣。我清楚知道，獨自一個人要度過低谷並不簡單，但有時候我也沒有厲害或聰明到，可以在一天以內解決所有事情。

　　「現在跟誰住嗎？」

　　「我一個人住。好迷惘，所有事情都不一樣了。Yuk 可以陪我

嗎？至少陪我到早上。」那句話像是好幾百顆的大石頭重重地砸在我的身上。

如果我不是跟Chayin在一起，而他現在正含著淚、睡在樓上，也許事情會好一點。

「有其他能陪妳的朋友嗎？」

面前的人這次搖了搖頭，我重重地嘆了一口氣，然後在另一方的旁邊坐下。

「不是妳不重要，但我喜歡的人他狀況不太好。」Dream很清楚我跟Chayin之間是什麼狀況。她說她明白，但事實明明不是如此。

「我不是要逼你，但有時候……」她沒有再說什麼，只是低著頭，像是盡一切的可能在讓眼淚不要流下來。

我過去一直覺得自己很聰明，知道什麼該做、什麼不該做，知道該怎樣解決問題才會對各方都好，但這次卻不一樣了，我才剛知道前女友得了憂鬱症沒多久，而且她身邊也沒剩什麼人了，至於Chayin，我們還沒把問題講開，讓我很害怕最後一切會太遲。

我想花時間陪Chayin，但身邊沒人陪的Dream又讓我難以棄她而去。

「我等下打給Top，他有許多的朋友，或許可以幫得上什麼忙。」

「不能是Yuk陪我嗎？」

「Dream，我的意思不是說不能是我，不是因為妳不重要，但我必須要選擇。」過去我一直都選擇Dream，照顧到忽略了另一個人，是時候該堅定自己的想法了。

「我明白。」

「一切都會好好過去的。我這樣說不是因為想隨便安撫妳，而是妳真的會好起來。」我發自內心地說，而聽的人緩緩地點了點頭，似乎是接受了。

我也不等了，趕緊拿起手機連絡 Top，這陣子他在知道我生活中發生了什麼事情之後，一直都十分警覺。Top 是個常常給不錯建議的朋友，雖然有時候棘手的問題並不會因此而有所改善。

我們聊了一下後才掛電話。沉默壟罩了四周，我自己也不知道要講什麼安撫的話，所以只能坐著不動，在腦海中不斷回想著各種事情。

我跟 Dream 的關係結束在幾年前。我們在念大學時交往，但個性差異及一些事情讓我們兩人必須像其他情侶一樣，用分手來結束這段關係，但我們仍是好朋友。

也許不是很親近地常常聊天，但一遇到問題，總是準備好要傾聽。我好久沒有見到 Dream 了，因為知道她與另一個人有了新的開始，至於我則忙著工作，後來又遇到了 Chayin ── 那是好幾年來，第一次產生想再次談戀愛的感覺。

這次的愛情不同於以往談過的幾次戀愛，不是起於青少年的興奮，而是產生在深思熟慮之後，我期望它是一段長久的戀愛，到現在也還是這樣想的。

「他還好嗎？」在我們各自沉默了很久之後，Dream 主動開啟了話題。

我抬頭看著對方，一邊微笑。

「不太好，他非常敏感呢。」

「幫我跟他說聲抱歉，是我的錯。」

「那不是妳的錯。偶爾，我們人在困難的時候，也會不知道該轉頭依靠誰。」

「我想好起來。」

「Dream，妳會好起來的。」

「但我還是想著他。」

「我理解。」即使知道那個人可能不會回來了。「也許有天就會比較不想了。」

時間似乎過得很慢，再注意已經過了近一個小時了，心裡藏著的擔憂慢慢地多了起來，我害怕Chayin驚醒後會發現身邊沒有人在，害怕他會因為我不在那裡而傷心地哭了，越是想，眉頭就皺得越緊，直到耳朵裡響起了某個人的聲音。

一瞬間解開了所有綑綁住我的束縛。

「抱歉讓你們等很久，就我順道先去接Kwan，所以慢了一點。Dream，妳覺得怎麼樣啊？」Top走近過來，一邊緊張地問著名字的主人。

「不太好，我……沒辦法一個人。」

「沒關係，等下我們陪妳。這位是Kwan，她是另一個會一起陪的人。」

「麻煩妳了。」

「嘿！沒事啦，大家都是朋友。是說，我們要走了嗎？」Dream

不情願地點點頭，然後被那位女生朋友牽著手、走了出去，只剩我跟 Top 沉默地看著對方。

「我朋友是心理師，應該能幫得上 Dream。」

「非常感謝！」我不知道還有哪個字能超越這句話了，腦中的一切都很遲鈍。

「跟 Chayin 說開了沒？」Top 繼續問。

「還沒。」

「動作怎麼還那麼慢？都好多天了！難道你是想要讓他心碎而死嗎？」

「只是還在找機會，但總是會先發生什麼事，你也知道 Dream 現在生病，真的很難放她一個人面對問題。」不是我不努力，但一個是我愛的人，另一個又需要照顧，因為不知道 Dream 哪天可能會尋短。

「Yuk，你不需要為那件事負這麼多責任。因為她生病了，所以你就要負責嗎？」

「Dream 沒剩什麼人了。」

「她本來就有可以照顧她的人，她沒去找人家，只是因為她第一個想到你而已。」

「……」

「Yuk，你在乎你愛的人太少了。」

「我知道自己很爛。」聲音裡散發著聽得出來的黯淡，同時，面前的人卻只是理解地嘆了嘆氣。

「好啦，媽的，現在不是沮喪的時候吧？快點上樓去看看

Chayin！他還在睡吧？」

「也許。」

「什麼叫『也許』？你沒有對他做什麼吧？」

這一回，我沒有回答他，只是擺了擺手、把好友趕緊趕回去，而他就像是懂了其中的意思一樣，趕緊往另個方向離開，至於我則去樓下的Mini Mart買了一些必需品後，回Chayin家了。

每往前走一步，就像是將回憶重新倒轉一遍。在我跟Chayin的關係漸入佳境時，有天卻在小事上失足而慢慢變成了大事。

如果那天我們好好聊聊，也許不會成為這樣……

「你來幹嘛？是太閒喔？」

我隨口丟出這句話跟面前的人打招呼，Top笑著站在門口，然後側身走進我家，一邊還吹著口哨，心情很好的樣子。

「不是說戒菸了？」

「沒有抽，只是點著安心而已。」

聽的人撇了撇嘴，並在沙發坐下，像是當自己是主人一樣。

「追Chayin追得如何？就是，我想到一個計畫，讓你可以拿去用，保證一定有結果！」這傢伙就是這樣，一看到我跟Chayin之間沒什麼進展，他就會趕緊提個特殊的計畫出來。

但這次我不太想聽了。

「你不用提了，我明天就去告訴Chayin真相。」

「什麼真相？你是大熊的那件事？」

「嗯。」

我思考很久了，時機或許到了。過去我讓Chayin困惑了很久，久到有時候會忍不住疼惜他，認為他不該再為了這件事浪費時間或者頭痛了。

　　「我是真的很想看他的臉有多震驚，不過或許你也要做好心理準備，你很有可能會被大罵。」

　　「調適好了。」我簡短地說，然後伸手去拿村上春樹那本叫做《聽風的歌》，那是最後一本我想給他的書。

　　「好，那Ryu那邊如何？他願意退讓了嗎？」

　　「不退也是他家的事。」

　　「也是，反正在吃Chayin的醋這件事情上，你一定比Ryu吃得多很多！」

　　我轉過去看著說話的人，然後對他舉起中指、示意他閉嘴，但Top看起來卻很高興，繼續不停胡說八道。

　　「相信我，不管怎樣，Honda City一定可以打敗奧迪的！」

　　「你還沒完喔？」

　　「好啦，我不說也行。」

　　「……」

　　「但如果你們哪天在一起了，你記得要請我一頓大的喔！」

　　「滾一邊去吧你！」

　　「我會滾，但不是現在。你有事就不要來求我！」

　　我不記得我們聊Chayin的事聊了多久，但應該滿久的，因為我幾乎沒時間躺下去睡，或許有部分是因為太興奮了吧，只要想起可以見到喜歡的人，幸福感就立刻湧了上來，因此我急不可待、一早

就醒了過來。

　　將堆積的工作清理完畢後，我就開始挑選穿起來最好看的衣服，就算我衣櫃裡只有黑色跟白色也無所謂，而看起來不可或缺的就是Chayin買來送我的那頂Moncler棒球帽了，它現在變成了我的最愛，固定會拿出來戴，而今天是個不能忘記戴它的重要日子。

　　約下午三點多的時候，我開車直奔Chayin的公寓而去。抓住別人下樓的時機，按電梯上樓，像常常做的那樣，直到我人站在十分熟悉的房號門口。

　　叩叩叩。

　　敲門聲響了三下，我幾乎等不了了，因為想盡快見到對方，會看到像每次那樣嘟著嘴的臉，還是一個小小的、羞澀的微笑呢？不過，對看的人來說，它們給的感覺並沒有不同。

　　但在敲完門一陣子之後，屋內仍沒有任何的回應，於是我試著又敲了一回卻還是得到一樣的結果。那當下唯一想到的東西就是手機，但糟就糟在於，我太趕著出門找他了，所以將手機忘在家裡。

　　靠北，完蛋了！

　　我花了點時間站在那裡、喊著屋裡的人一下子，一直到確定對方不在，才彎身坐下、等著看個子較小的那人什麼時候會回來。我們昨天約好了，但有點麻煩的是沒有約個確切時間，所以Chayin還不知道我先來等他了。

　　當我們人正在專心等待什麼時，世界似乎總是會跟我們作對。我感覺時間越走越慢，好像停頓了更久才會往下一秒前進，讓我也

覺得忐忑不安。

　　四點鐘的時候是我感覺到煩悶值最低的時候，我告訴自己，他可能去外面買東西了，所以還沒回來，但就在手錶的短針轉到數字六時，這個想法也消失了。

　　Chayin還沒回來，我站起身來，試著又敲了一次門去確認，但還是得到相同的沉默作為回答，於是決定坐下並繼續專心等候。

　　我看完村上春樹的每一本書了，所以沒什麼可以殺時間的，手機也忘在家裡，等的人也還沒回來，身邊只有不知道該怎麼排除的空虛，只能吐氣而已。

　　七點……

　　電梯門的聲音響起，伴隨著一個不熟悉的人影，其實是Chayin的鄰居啦。他走了出來，然後靜靜地拖著腳轉向自己的家，沒有打招呼，也沒有對我說任何一句話。

　　八點……

　　我的心開始加倍地不安。我不認為他會忘記或者失約，但比較擔心他有危險。心裡湧出的擔心正在告訴我，趕緊回家拿手機、打電話找他，但一切只是個念頭，我仍舊待在原地，靜靜地繼續認真等待下去。

　　九點……

　　我今天特意想告訴他的事情，並不是坦承或將「我是誰」的真相告訴他，因為它們大概沒有那麼地重要，但我最想做的事情反而是──躺在他柔軟的大腿上。

　　我們談論過的夢想，是常常有他哄睡、像個孩子一樣被他撫

摸著頭。有一次，我們曾經分享過所有事情，不管是好笑滑稽的事情、書中角色的抑鬱時光、他寫的歌，還是獨自在家吃泡麵時的艱辛，我都想講述並傾聽。

只能等著看他何時會回來，才能讓我有機會做這些事情。

Chayin 就像是我的整個世界。

從第一次見到他，我就無法抗拒他的天性，不管是白目，還是總是看起來容易爆走。雖然他為了讓別人相信而試圖微笑，但他可能忘了，所有的想法都會表現在眼神之中。

Chayin 從來無法隱藏任何事情，他很好看透、容易親近、沒有壞心眼，是個夢想及想法都一樣特別的人，他的眼神裡滿是寂寞，但不是別人那種急著找個伴的寂寞，我喜歡那雙吐露一切的眼睛。

想認識他的感覺迴盪在我的心裡，所以我毫不猶豫地跟他要了電話，甚至用盡一切方法，只為了能更靠近對方。時間一天天過去，從幾天變成了幾個月……我看到他的優點及缺點，但那又促使我更加去迷戀這個人。

然後，今天似乎到了我們可以敞開心胸、有話直說的時候了。

我們之間沒有祕密，只有我跟你。

但……

電梯的開門聲又響起，我看向聲音的來源處，然後發現熟悉的身影在不遠處，他的旁邊還站著另外一個人。

「Yuk……」

悅耳聲音的主人叫了我的名字，淺黑色的眼睛悲傷地盯著我、眨也不眨，雙腳一邊生硬地走到我面前。

我曲著身體站了起來，至於Ryu則是走回了電梯了，連一句招呼都沒有打，因此只剩Chayin站在這裡，還伴隨著一個聽到時只能苦笑的問題。

「等很久嗎？」

「不久。」我回答得很短，不想讓他有糟糕的感覺。

　　雖然我心底一點都不明白他為什麼會跟Ryu出門，為什麼會如此輕易地忘掉我的約，所有的事情在我心裡亂成一團。還是說，其實是我對他根本沒有那麼重要？

「幾點？」面前的人仍繼續問著。

「幹嘛？」

「幾點？」

「四點。」

「我……我打給你了，但找不到人；傳訊息給你，你也沒看。今天剛好Ryu約我跟他朋友看電影，然後就……」結果我聽到的話只是藉口。

　　Chayin這麼做並沒有錯，錯的反而是我，誤以為自己很重要。

　　而我現在才知道答案，他選擇了另一個人，不是我。

「我說我喜歡你的一切，就算是缺點，我總是把當它看作是好的，但這件事卻無法。Chayin，為什麼呢？只要說不喜歡我就沒事了，我從來就沒有要求你對我的感情負責任。只要你說，我就會給你所有你想要的，但如果我給了什麼，是你不需要的，直說就好，這有很難懂嗎？」

「你什麼意思？」

「跟 Ryu 約會，你沒有錯。你要跟很多人約會，你都沒有錯，但你應該告訴我。」

「你誤會大了。」

「誤會什麼？我看到的事情還不夠清楚嗎？」

「你正在亂下結論，可以先聽我解釋嗎？」

Chayin 說著像要哭了一樣，但我還是努力強迫自己、不要急著上前去抱他。

「那你說，你為什麼會跟他出去？」

「Ryu 只是題目過了，想慶祝而已。」

「那你就去了。」

「對。」

「你明明知道我會來找你，但你還是去找他。你原先就知道了，卻不願意直接拒絕他⋯⋯我沒有想跟誰較量，你自己也一樣不舒服，對吧？我知道你很迷惘，好幾次，我將自己的不安甩給你、將喜歡這個字拋給你，或許你不用那麼累，只要我不再試圖把這些有的沒的硬塞給你。」

「你什麼意思？你要因為這件事拋下我，對嗎？你要停止一切用心了，對嗎？」

「⋯⋯」

「這樣的話，你就走吧！反正你都不聽我解釋了，就不用再讓我見到你。」

那句話像鏈子一樣重重地砸在我的臉上，不是因為我要拋下他，而是因為 Chayin 選擇的已經不是我了。

精心挑選的穿著、他買給我的 Moncler 帽子、我所拿來的最後一本村上春樹，包括一些今天想跟他坦承的事實，大概沒什麼用了，如果他不需要的話。

而且我也不想再讓他覺得累或者被迫收下我塞給他的東西了。

「其實愛情沒有什麼難的，但我跟你之間的事情可能真的很難。」

「……」

「好，我走。」

退讓並不是因為認輸，而是因為我真的徹底地輸了。

我垂頭喪氣地下了樓，現在唯一想做的事情就是睡覺，睡到隔天下午，因為不知道有什麼更好的方法了。沒想到一下樓，某個人已經先坐在大廳等著我了。

「聊一下吧。」

「改天。」我直接拒絕他。

「如果我想跟你聊的事情，跟 Chayin 有關呢？你能停下來、跟我聊個三分鐘嗎？」我嘆了一口氣，跨步走去找 Ryu，臉上帶著適當的不滿。

「什麼事？」

「今天我跟 Chayin 去看電影。」

「我知道。」我跟 Ryu 從中學就開始競爭，但這不意味著要跟他在愛情上較量。

「我也知道他跟你有約，但他選擇跟我出去這件事沒有錯吧？」

「哼！」我只是笑，雖然心裡覺得很像整個人被面前的人用腳

碾碎一樣。

「Yuk，我沒想過要跟你比賽，不過對 Chayin，我是真的喜歡他。」

「……」我沉默，沒有反駁任何一句話。

「要揍我也行，用力點，打到你滿意為止。」話一說完，我就往另一方鋪了上去，拎起他的領口，同時一邊的手還高舉，準備往那張好看的臉用力地揍下去。

「打啊，Yuk！」

「……」

「然後你就不要再煩 Chayin 了，算我求你。」

身體瞬間像是沒了力氣，除了不動手了，還只能像輸家一樣，低著頭聽話，然後認知到……

就算再愛，也還是無法讓他屬於自己。

自從跟 Ryu 談完，我就不再接 Chayin 的電話或者看他的訊息了，只有短短地結束了話題，然後關機逃避，也許有點糟糕，但這可能是最好的方法了。一知道自己輸了，就不想再勉強，害他得覺得煩，否則我們可能會兩個人都痛苦。

然後只能祈求，過往能成為我倆的美好回憶。

一切應該在那天就結束了，但不知道為什麼接下來的好幾天，Chayin 會來公寓找我，我不氣他，但不明白他都選擇 Ryu 了，為什麼我們還需要聊聊，所以直接拒絕跟他見面。

叩叩叩。

敲門聲響起，我疑惑地皺起眉頭、走去門口，然後發現站在門外的人是一個十分熟稔的人，她是我過去的回憶，我們偶爾會見面，但對方沒有一次是出現在我家前面的。

「Dream！」

「Yuk，可以進去聊聊嗎？」

我不知道她怎麼上來的，也沒想要問，只是帶她進到屋內，拿飲料跟零食放在沙發前方，然後找機會問前因後果。

Dream不像每次看到的那樣開朗，其實從上次在書店遇到的時候，她看起來就像遇到了一點生命的難題──戀情沒有並如願──即使拍攝的工作及接拍MV的女主角都讓她聲勢不小。

「是不是發生什麼事？可以跟我說喔。」我像朋友一樣地問著，卻沒想到得到的答覆竟是她大哭到身體蜷曲的模樣。

好久之後，她才能將心情平復下來。十分熟悉的嗓音裡混雜著哽咽的聲音，但我能做的只有坐著拍拍她的肩背、安慰她，同時保持一定的距離好讓她明白我們之間已經跟從前不一樣了。

「我剛看完醫生。其實是症狀變嚴重了，所以得去看。」

我的身體從頭冷到了腳底，沒有預設會是怎樣的答案，我只知道這大概不是什麼好消息。

「病了嗎？」我猜測地問，Dream於是點點頭，一邊立刻回答說：「是憂鬱症，才剛知道沒幾天。」

這個病影響了許多同業的人，也包括我身邊的人，它沒什麼好處，全都糟透了，而我也很清楚這一點。

「醫生有開藥給你嗎？要準時吃藥。家裡有沒有人一起住？有

時候一個人住可能不太行，需要什麼幫忙都可以說。」

「我一開始還沒有覺得這麼糟，但每次一想起他，就總會覺得憂鬱。」

話裡的「他」指的是 Dream 的交往對象。我們分手很久了，她也開始了新戀情，但最後還是沒有成就。

「或者得做做別的事情。」我試著建議她，就算不知道這樣是否能解決問題也無所謂。

「我待在房間裡，看著天花板，憂鬱到好像世界要裂開一樣。我問自己，為什麼要生下來、活著要幹嘛，或者活著是為了誰，持續問著同樣的問題，直到得到一個答案——沒有……沒有我必須活著的原因。」

說的人臉色凝重，我抓住她的手，但沒有說任何安慰的話，只是靜靜地傾聽。

「我想起你，那時候我跟你在一起很開心，所以決定來這裡找你。」

「可以來。」

「你有對象了嗎？」

記得上次 Dream 曾經問過我了，但她仍選擇再問一次。

「有了。」

「在一起順利嗎？」

「結束了。」我笑笑地回答。

「為什麼？」

「原因也沒幾樣囉。或許是他不愛我，所以沒有在一起。」聽起

來很像是一段前男女朋友的訴苦時光吧。但我或許好一點吧，好在一段關係還沒開始就結束了，而 Dream 則是開始很久了，在一起一陣子了，然後才分開。

「還一樣喜歡村上春樹喔？」她換了話題，盯著放在不遠處的那本《聽風的歌》。

Dream 不喜歡看書，但她知道我曾經喜歡什麼。

「嗯，滿有趣的。」

「這本可以讓我拿去看嗎？」

「櫃子裡還有好幾本。」我說出的話像是委婉的拒絕，但對方似乎不懂。

「想看這本啦，可以嗎？」

「……」

「還是有要給誰嗎？」

「……沒有了，拿去吧。」考慮了一下，我大概沒機會再拿它給要給的那人了。

「如果那個人沒回來，你說我們會變成怎樣？」她問了一個問題，雙手冷靜地一頁頁翻著書。

其實 Dream 是個一個不太好捉摸的人，用情緒多過理智，所以生活中很多事情都會隨著情緒變化。

「難過，然後可能也會哭。」她平常是這個樣子的，但很奇怪的是，在我們幾年前分手的那天，卻完全沒有人哭出來。

大概是因為……我們各自的愛都用完了。

「我全都做過了，哭泣、聽難過的歌，然後去蓮蓬頭底下沖

水。」

「那有好一點嗎？」

「愚弄自己罷了。」面前的人苦笑。

「至少有做過。」

「我……感覺很糟。」

「不久就會過去了。」

「昨晚感覺像是溺水一樣，只想死而已。」這句話讓我沉默了一陣子。不知道為什麼 Dream 會將它說出口，但看她的神情跟平靜的聲音，似乎很明白地在表示，這對她來說並不是什麼大事。

而這令人害怕。

死亡並非一般常人會想的事情。

叩叩叩。

突然間，敲門聲又將慢慢沉沒的感覺拉回現實，我看著 Dream 的臉，輕輕拍拍她的肩膀，然後將巧克力遞給她。

「先坐一下，好像有朋友來了。」一邊說著，雖然不確定是誰在門口，也許是編輯催稿催到家裡來，或者是三不五時就出現一下的 Top。

「我可以睡一下嗎？」

「可以。」我簡短地說，於是 Dream 就安靜地躺到了沙發上，至於我則離開走向房門，出了一點力轉動門把去跟門外的人見面。門外的人是我沒想到今天能見到的人。

「你怎麼會來？」

雖然有好多事想說、想告訴他，但現在似乎不是我們該聊聊的情境，Dream 還在屋裡，而且我不想讓 Chayin 知道她在屋內而心情不好。

　　「可以聊一下嗎？」Chayin 仍確認著同一句話。

　　「現在還不是時候。」

　　「你不讀我的訊息、電話也不接，現在可以讓我先說一些事情嗎？……Yuk……那天的事，是我的錯。」

　　最後，我還是對他心軟，願意認真地聽他的解釋。

　　Chayin 是來道歉的，但有一件我沒預期的事情是，聽見他淚眼中的告白。這幾天以來，我一直認為他沒有選擇我，於是努力切斷一切、選擇像過去那樣一個人，但他媽的卻不是這樣，想像跟事實完全背道而馳。

　　聽到愛的告白時，感覺是又開心又高興，但無法完全很開心，因為我先前才剛聽完另一個人面臨的問題，而且她也還在屋內。

　　我知道 Chayin 愛我，從他的樣子、聲音及他不曾說謊的眼神就可以知道。

　　我們都知道前方是個陷阱，但卻沒人想要停下來，甚至還奮不顧身地撲過去。這世界上是沒有秘密的，就像我努力想掩飾的事情一樣，雖然並沒有做錯什麼，但當 Chayin 將我推進屋內、看見我的前女友正面色不佳地坐在沙發上時，還是讓他有很糟的感覺。

　　「對不起！對不起親了你。我……我想我該回去了。」

　　「Chayin，冷靜一點。」

　　我的身體像是墜落在寒冷的冰河之中，痛到每個部位都麻木

了，就在我看見我愛的人正在哭泣，而我卻連跟他解釋事實都無法做到的時候。

「今天來得不是時候，你真的沒空，哈哈。」

「等下我送你下去。」

到樓下之後，再跟他解釋、讓他明白。

「不用……為什麼你不一開始就告訴我，你的感覺已經跟以前不一樣了？……只是回我訊息或者打電話跟我說也行，說你不愛了，叫我想去哪、就去哪，不用來獻身，或者說那些讓你感覺很糟的話。不管怎樣都比現在這樣好。」

「Chayin，別亂想，你得先理智一點。」

「對不起，是我太蠢。」

「事情不是那樣的，但你現在可以幫個忙、先回去嗎？……我之後會把所有事情解釋給你聽。」

我不知道 Dream 的症狀有多嚴重，但如果是在 Chayin 面前討論她的病況，她大概不太行，因此我想在沒有第三方的情況下，再單獨跟 Chayin 談。

「大概……也只能這樣了吧。」

「等等我送你下去。」

「Yuk！」

瘦長的身影走了，我作勢要跟上他，但卻先被坐在沙發上的人拉住。Dream 的臉色不好、似乎不太對勁，我站在那猶豫了許久，最後還是沒有跟著小個子而去，反而用了所有的時間在與病人談心及安撫。

我心裡滿是擔心，試圖想了各種方法，但都被拒絕了。

Dream 不願意回家，她要我陪她。那晚我試圖聯繫其他朋友、尋求他們的幫助，但 Dream 卻要求，她不想說、想讓生病的事成為秘密，然後把所有事情丟給我幫忙分擔，而我清楚知道，自己肩上扛的各種事情並不是我該扛的。

到了早上，她的症狀並沒有好多少，而我聽了一整晚非常多尋短念頭的話語，也讓我無法闔上眼睛去睡。等到新的一天來臨時，我打電話給 Chayin，但電話另一頭卻沒有回應。

我決定打電話找 Top 幫忙，雖然不知道他可以幫上什麼，但總好過什麼也不做。

在我沒有跟上去解釋任何一點事情的那晚，我最害怕的事情是怕他會等我的聯絡，我努力找過機會了，但 Dream 的症狀太令人憂心，讓我很難躲去傳訊息或打電話給另一方，因此所有責任都落在了好友身上。

但誰想得到，我得到的結果是，看到他在我家前面搖著頭，然後跟我說，慘了。

Chayin 不見了……

我的快樂似乎消失了，像是不曾存在過一樣，跟著他一起消失了，什麼都沒有留下來，除了痛苦。

我請了幾個跟 Dream 親近的朋友，請他們幫忙照顧 Dream，因為她的症狀還在令人擔心的時期，雖然她堅持不想告訴別人，但最後還是得接受跟特定幾個人說，因為我沒辦法承受所有的事情。偶

爾會去找她，但沒有比我去 Chayin 家找他更頻繁，雖然一切似乎為時已晚。

Chayin 不在家好幾天了，也連絡不上，詢問朋友也沒人知道狀況，令人很擔憂。

不知道他在哪裡、也不知道他怎麼樣了，只能等待並盼望他累了總是會回來的，我們之間的事情還懸而未決，而我希望能盡快解決它。

「怎麼樣了？狀況看起來很糟。」Top 跑來我家找我，最近該稱呼為他的固定行程才對。

他將簡單的餐盒放在飯桌上，然後坐到我旁邊的沙發上。

「今天我去找了 Chayin。」我說了同一句老話讓他知道。

「那有見到人嗎？」

「沒有，你有連絡上他工作相關的人了嗎？我很擔心。」

「連絡過了，Chayin 平時不太與人深交，所以能問的人也沒幾個，但我跟你說，沒有一個人知道他去哪，就連 Bird 也是，而且製作人 Game 哥也在抱怨說，Chayin 這樣死到彼岸去了，他只好把工作給其他人做了。」

我雙手抱著頭，感覺一點頭緒也沒有。

「其他人呢？有人連絡得上嗎？」

「沒有了。你先冷靜，之後那傢伙自己就回來了啦。」

「Chayin 身上沒什麼錢。」我擔心他會很過得辛苦，吃住要怎麼辦。想方設法連絡上他的家人，還是得到類似的答案說，不知道人去哪。Chayin 看起來只有跟家裡說要逃離塵世一陣子，以免讓他們

擔心。

「他身上沒錢也好，這樣才會快點回來。你先去吃飯吧！」

「吃不下。」

「我懂，老婆逃走了嘛！這樣還不夠，前女友還再次回到你的生活，超精彩的！」Top半認真半玩笑地說，而我也沒什麼放在心上，只是靜靜地看著電視螢幕上那部連名字都不知道的電影。

「等他回來之後，要帶他來跟Dream把事情講清楚嗎？」

「那不是Chayin需要痛苦的事情。」他不該聽到或者解決不是自己造成的問題。

「Yuk，你還好嗎？」這次低沉的聲音有些認真了起來。

「不好。」

「太累的話，就放下一下吧。」

「要我怎麼放下？我現在也不知道Chayin在哪裡、他在做什麼、跟誰在一起，有各式各樣的擔心，然後還有Dream的事情來摻一腳，你要我不去看顧生病的人嗎？她身邊沒剩什麼人了耶！」還是想不出解決的辦法，選哪一項都得失去另一項，但要全部承擔的話，又怕最後會搞砸一切。

「Dream還有朋友，他們可以幫忙照顧。」

「她昨天還有打給我咧。」她像是把所有希望都放在我身上一樣，要承擔住一點也不容易。

「你心太軟了。」

「但心狠一點的話，我怕會發生糟糕的事情。」當知道有人在遭遇困境，或者她正閃過上百次自殺的念頭時，沒有人是可以無動於

衷的。

「那你就放 Chayin 走，選擇你前女友吧！不用解釋那些有的沒的給他聽了。」Top 的話讓我猛然轉了過去。

「你說你懂，是真的有懂我嗎？」

「就是懂才這樣說。如果哪天 Chayin 回來了，你要怎麼辦？勾著你前女友一起去找他講清楚嗎？確定你要這樣做嗎？你不會因為決定選其中一邊而變成糟糕的人的。」

「……」

「重要的是，生病不是跟別人予取予求的藉口，Dream 必須學習每件事都有它的極限，但你不放她去理解，而是拉著她、讓她只依靠你。我問你，如果有天你不在了，她有辦法活下去嗎？我想應該是不行！」

「……」

「你是因為同情才陪著 Dream，不是因為愛，你這種想法，她不會開心的，但對 Chayin 這個你喜歡的人，你是為了什麼跟他在一起？為了讓他離開，然後兩個人都痛苦嗎？」

一句又一句在我的耳朵裡迴響，Top 還在喋喋不休，但我的腦袋已經沒辦法再分析什麼了，現在唯一想到的，只有 Chayin，想見面、想聊聊、想解釋讓他理解。

想盡一切可能讓我們之間回復原樣。

明明就過了近一週了，一切應該要好一些，但我卻感覺整個世界又晦暗了數倍，他的笑容、他不會說謊的眼睛、那些從他好看的嘴巴吐出的白目話語……

我夢見同一個男生坐在桌子對面、胸前抱著吉他,他投入地唱著那些他總是寫得很棒的心碎歌曲,而我每天仍看見那些盤旋在我腦中的畫面,是不知道還會附著多久的記憶⋯⋯

或許是,永遠⋯⋯

然後夢境成真的那天來了。

我再次遇到 Chayin,他看起來瘦了一點,但還是一樣可愛。我們在常去的那家咖啡廳前面錯身而過,但我們不只沒有機會聊天或解釋,他反而還看見了我跟前女友在一起的樣子,而且是手牽著手的狀態。

那一瞬間,我覺得一切都錯了。

不確定到底是這世界正在傷害我,還是我在傷害自己。我不覺得自己一直有的忍耐還會剩下多少,所以決定跟 Dream 直說,並且打給一個朋友,讓他在我不在的時候來陪伴 Dream。但誰知道,在我再次敲了那小傢伙的房門以後,他卻已經不是可以聽進什麼話的狀態了。

單純的 Chayin 消失了,只剩下破碎成片的人在我的面前。我們都無法再克制自己的感覺,最後終於出了事,我放任它發生,即使我很清楚他還沒準備好⋯⋯

想到這裡,許多過往的記憶就停了下來,電梯的開門聲響起,所有的思緒慢慢淡去,到我認知到現今的時間點發生了什麼事情。

雙腳停在同一個房號前面,手從褲子口袋中掏出門卡,因為我

相信睡著的那個人大概沒力氣出來開門。進到屋內後的第一件事就是走進他的臥房，但令人驚嚇的是，已經沒有人躺在亂七八糟的床單上了。

原本以為他睡著了、什麼也不知道，但現在卻與我的預期完全相反。

焦慮不安迫使我連忙往浴室跑去，裡頭隱約傳來的淋浴聲讓我安心了一點，知道他並沒有躲去很遠的地方，但一看到那纖細身軀的狀態，卻沒有幫助我心裡的不適感消失，連一點也沒有。

「Chayin……」我輕輕叫著眼前人的名字，水流打在那個緊緊抱著自己的蒼白身體上，不知道他在這個狀態多久了，但應該滿久了，久到能讓原本健康的肌膚變成現在毫無血色的樣子。

疲憊雙眼的主人慢慢地撐開他的眼睛，他全身發抖但還是不說話，我迅速過去，趕緊伸出手關掉蓮蓬頭，然後將他虛弱又濕透的身體抱進懷裡，接著帶回床上，找出毛巾將對方全身上下的每個部位擦乾，接著還找出藥、擦了那裡之後，才幫他穿上溫暖的衣物。

身下的人哼哼唧唧地呻吟著，幾乎語不成聲，但就算是這樣，他還是哭了出來。

「等下先吃藥，接著你就能舒服地睡了。」我平靜地說，轉身將止痛藥及白開水拿到嘴邊，但Chayin搖搖頭，只顧著不停地將心裡的事情說出來。

「你……不走了嗎？」

「我沒有要去哪。」不只說，我趕緊放下水杯，然後將對方摟過來抱著、給他溫暖，完全不想放手。

「你不見了⋯⋯有人打給你，打給你⋯⋯然後你就走了。」這人還是反反覆覆地說著，我吻著他的太陽穴附近，一邊輕輕晃著懷裡的人。

　　「我只是下去一下下。」

　　「你丟下我。」

　　「對不起⋯⋯」或許只能說這句話，但他的確應該要聽到。

　　「她很重要，是嗎？」

　　「跟你是不一樣的重要。」

　　「那件事⋯⋯是一個錯誤。」說的人垂下了眼睛，支支吾吾地說著，令人憐惜。

　　「那是我們兩個刻意讓它發生的。」

　　「你明天又會消失了對嗎？」一邊說，眼淚也一邊流，直到浸濕了剛換上不久的衣服。

　　「我會在這裡，陪著你。」

　　「我不懂自己為什麼要被丟下，是因為我的猶豫對嗎？還是因為我太好追到手了？」這下子，我將懷抱縮得更緊，不想讓他再為了這些想法及感覺而痛苦。

　　「那些跟你完全沒有關係，你沒有錯，而我也還一樣愛著你，甚至比當時在樓頂決心要跟你告白時還要多。」

　　「那為什麼⋯⋯你會陪著她？為什麼會讓我等？等了好久好久，但你還是沒有來，你想報復我讓你在門口等很久是嗎？如果是的話，你成功了⋯⋯我好痛苦。」

　　在我們沒有見面的這些日子，我知道 Chayin 得面對多少的負面

情緒，但我還是自私了。

「Chayin，對不起。」

「不想聽這句話了。」

「我跟 Dream 只是朋友，她愛的是別人，而我也有你，我跟她之間沒有超乎朋友的關係。」

「……」

「Dream 得了憂鬱症，她沒有其他人了，而且現在十分脆弱。」

「那我呢？」

「……」

「因為我堅強，所以就得是犧牲的一方嗎？」

身體周遭壟罩著沉默，是一種令人感到疼痛的沉默，就像是被尖銳的東西刺進了全身，就算其實完全沒有人在我身上下刀。

「你沒有愛我吧。其實，你或許愛的是別人。」

「Chayin！」

「我睏了，可以請你放開我嗎？」

但我還是一樣的動作，抱住他，然後一起躺到床上。我明白他身體的狀況不太好，但仍舊自私地抱緊他，因為如果放了手，我害怕明天一早起來，對方就會不見。

「乖小孩別哭。」一邊說，一邊在他白皙的臉上細吻著，吻到讓小個子得背過身去睡。

「我沒有哭。」

「我們明天把事情都說個明白吧！」

「我都明白了。」

他現在大概沒辦法再聽進去什麼了，只能安靜下來，輕輕地哄著，直到他睡著。

大概只剩我了吧，只顧著躺在床上思考，我或許真的在乎他太少了，但那不意味著，過去這段時間以來……

我沒有愛他。

嶄新一天的早晨來臨，身體似乎有一股熱氣蔓延到全身各處，我撐開眼睛，花了點時間聚焦，然後低頭調查身邊的變化。Chayin仍睡在我的懷裡，但奇怪之處是他臉上常見的活力消失了。

「Chayin……」我輕聲嘀咕著，趕緊跪坐起來，然後隨意量了下體溫，正如所預期的那樣，從小個子的身上散發出令人吃驚的明顯熱度。

昨晚除了性愛以外，他還沖了很久的水，才終於被我抱了出來，藥也還沒吃，只有紅腫的部分是我有擦上外用藥而已。

我輕手輕腳地下了床，趕快從櫃子裡找出毛巾幫他擦身體，並再次換上新的衣服，而就在此時，Chayin也睜開了眼睛，同時用模糊嘶啞的聲音呻吟到得靠近安撫他。

「好痛，嗚……痛……」

「小孩忍著點，如果狀況沒有好一點，我再帶你去醫院。」

「不去。」蒼白的臉在枕頭上來回地搖著，他伸手抓住我的手臂，一邊像要哭了一樣地說：「我不去，嗚……」

「好好，但等下先吃藥，然後才能吃飯。」纖細的身體乖乖地照做，吞下了我拿給他的藥，然後無力地倒回去睡。

Chayin的冰箱裡幾乎沒剩什麼可以做些簡單食物的東西，因此我回到床邊，為了讓他不會像昨晚一樣擔心說自己被丟下，在他耳邊輕輕地告知著：

　　「我要去樓下的Mini Mart一下子。」

　　「不讓你去……」

　　「小孩，你不舒服，要吃東西，我下去一下就回來了。」

　　「我怕你不會回來了。」那句話混著哽咽，我伸手摸摸他的臉頰，花了許久的時間安撫他，他才平復了下來。

　　要說是平復，其實也不太對，因為話還沒講完，他就不小心睡著了。

　　因為我擔心著他會感到折磨，所以一切都是匆匆忙忙地進行、能抓的東西就抓，之後就上樓回家，做完容易入口的軟食之後，又轉回去幫病人擦了一次身體。

　　他的體溫還是一樣高，我關上冷氣，然後改打開窗戶，為了讓空氣更流通。棉被底下的虛弱身體抱著自己，我慢慢幫他身上的種種痕跡擦了藥，Chayin悶聲呻吟著，但還是願意乖乖讓我照顧。

　　「等下吃飯喔。現在已經九點了。」

　　「我還不餓。」

　　「不餓也要吃，接著才能吃藥。」

　　「你照顧我不累嗎？要順著我不煩嗎？」

　　「不會。」

　　「說實話沒關係。」

　　「這就是實話。」我扶起小個子，讓他靠在床頭，然後冷靜地舀

起稀飯要餵他。Chayin皺著眉，有點困惑，但最後還是願意張口。

鈴～

盤裡的食物才吃了沒有多少，手機就在這個時機點響起，我們同時轉過去看床邊的邊桌，然後看到音源來自於我的手機。

「你的。」輕輕的嗓音開口告知。

我放下碗，然後轉過去抓起手機。

來電的人是Top，他打來講Dream的事情，但我還沒來得及多聊，坐在床上的病人就用沙啞的聲音說：

「你去吧，我沒關係的。」

他這個樣子，就算誰再努力拉我走，我也要待在這裡。

「Top，盡你所能，我現在哪也不想去，嗯……」我花了些時間又講了一下，然後就掛掉電話、關機，將手機放回原處，不想再拿起來一次。

「來聊一下好嗎？」Chayin知情地閉上眼睛，於是我繼續問：「可以握你的手嗎？」

「不行。」但我還是趕快握住了。

Chayin看起來瘦了，蒼白的臉及從衣服底下露出的鎖骨，都在在證明了，他在我們沒見面的期間裡面對了多少的痛苦。我明白過去所受的痛苦可能無法補償，但還是想用現在的真心去彌補失去的時光。

「你跟Ryu去看電影那天的事情，我沒有生氣或者想要報復，只是想你可能選擇了他，所以試圖想切斷一切，至少你可以不用再那麼累。」

「事情不是那樣的。」

「現在我懂了，都是我自己想太多。」

「你都不聽我解釋。」我握了握眼前人白皙的手，試圖讓對方減少擔心。

「是我很糟，沒有拒絕Ryu。」

現在我才理解，不是只有他覺得，拒絕別人不是件容易的事，就像我無法丟下Dream獨自面對生病的事情一樣。

我這才理解……

「你沒有錯，是我沒去傾聽。至於，那天發生在屋裡的事情，你想聽嗎？」

「我理解。」Chayin似乎不太想聽。

「理解什麼？我都還沒有解釋呢。」

「大概理解，你說前女友得了憂鬱症，而且身邊沒有別人了，她的症狀應該很嚴重對吧？」我點頭當作回答。

「因為她生病了，不知道該轉頭依靠誰，所以就才找你，而你也不知道怎麼拒絕，所以得照顧她，我懂。」

但那個聲音裡藏著難過。

「就只是想知道，如果她的狀況又變嚴重了，那你會再去找她對嗎？然後我就得認了『理解』這個詞，等看看你哪時候回來，跟每次一樣跟我解釋重複的原因。」

「不會了。」

在花了許多時間回想所有事情後，遭遇的問題也一樣找到了方法，我不想因為別人的事情或者自己的猶豫不決而失去Chayin，還

想保護他，就像我一直以來努力所做的事情一樣。

「那你要怎麼做？帶她一起來跟我約會嗎？」

「不是，要讓她學習如何依靠自己去跨越不好的事情。」

「那不容易，有時候自己一個人反而會亂想，我曾經試過了。」

「……」

「自己一個人躲得遠遠的，想著以後的未來，但你相不相信？當你的影像出現在我腦海裡，我又再次沉浸在回憶之中，她大概也一樣。」

「那邊還有人可以幫助她。」我停頓了一下，然後盯著含淚的圓滾滾大眼睛，「但如果我沒有你，那大概再也沒有人可以幫忙了。」

「……」

「真的就像 Top 講的，我真的選擇在乎你太少了，你不是最脆弱的那個，但這也不表示你就該一直為了你比脆弱的人犧牲。現在我不想在意什麼的、不想當個善心人士、不想對別人有責任，我想自私、想能選擇我想選的。」

「你不會為了你選擇的事情難過嗎？」

「那你會因為發生的事情難過嗎？」所有過去的事情，包括昨晚做的事情。

「不會。」

「我也是。如果一定要有個人錯，那就當作是我錯吧！」

我們之後都沒再說任何話，各自沉默了許久。我再次拿起碗，裡面的稀飯已經開始變涼了，然後舀到眼前人形狀漂亮的嘴唇邊。在挪動身體時，Chayin 的表情會有點扭曲，我想他應該很痛，所以

在飯跟藥都吃完之後，我慢慢地將對方的姿勢移回舒服的樣子。

「哪裡痛？是不是臀部？」我輕聲地問，那個躺著、呼吸中帶有熱氣的人則只能用嘟嚷的呻吟聲回應著，非常惹人疼愛。

「嗯。」

「哪裡？是這裡嗎？」手輕輕移動、碰觸著臀部，身體的主人則滿臉通紅、試圖想拉棉被蓋住，但卻絲毫沒有效果，因為力氣比不過我。

「全身都痛，而且你還……你還沒有幫我穿內褲。」

這什麼理由？

「不穿比較好，等下你才不會不舒服。」

「我感覺很不舒服。」

「乖小孩，很快就會好了。有沒有流鼻水？來，讓我看看臉。」說完就慢慢將那張開始有點紅暈的臉抬起來看，Chayin 垂下眼睛、不敢直視，讓我有點想笑。

「沒有……」他說話的聲音有些顫抖。

「那頭會痛嗎？」

「很痛。」

「會覺得冷嗎？」

這次他遲鈍地點點頭，於是我拉過被子幫他蓋到了脖子，然後起身去外面洗碗，再回來的時候，床上的人已經瞪大眼睛盯著我直看了。

「不睏喔？」

「我以為你不愛我了。」

「誰敢不愛小孩你？」我爬上床，與病人擠進同一條被子裡，一開始還被推開呢，但當他發現阻止不了我，就只是躺著不動讓我抱。

「你可能會感冒。」

「我很壯，放心吧。」說完就拉著他的後腦勺靠近臉，靠上去輕吻了額頭跟嘴唇後才退開。「可以說給我聽嗎？你消失的一個星期去做什麼了？」

「我去演唱會，聽著難過的歌，然後哭著想你。」

「小孩……」

「那你呢？你怎麼樣了？」

「我喔？每天跑來你家找你，像個瘋子一樣，然後也想你。」

人們總覺得是愛情傷害我們，於是有時也忘記了，事情會變成這樣並不是愛情的錯，而是彼此之間的不理解。

▰▬▬▬▬▰ Satawat 視角結束 ▰▬▬▬▬▰

Yuk 說要把我們兩個關在房間裡是真的，我從生病之後就沒有出門了，連要從床上起身都是被抱起來的，吃飯也像個孩子一樣被餵飯。兩個人的工作都沒有進度，很可能會沒有東西果腹了，大概得啃牆壁當飯吃了吧。

一整天就這樣無所事事地過去了，躺著看電影、躺著擁抱，有時候他會像家裡的大狗一樣親遍我的臉。等到有個好時機把手機拿去充電、檢查訊息的時候，時間已經來到了第四天。

「你該把電話開機了喔。」我跟正從櫃子裡拿衣服出來穿的大個子說。

說直白一點，他全身上下完全沒有任何一件東西是他的！衣服是我的，被他拿最大件的去穿，褲子也是我的，沐浴乳、洗面乳、買來囤貨的牙刷，現在都被他搶光了，而且他完全沒有要回自己家的樣子。

「有在想，但怕編輯又會再丟工作來。」

「這是你該害怕的事情喔？」高大的身軀移了過來，在床沿坐下，一邊還摸著我的頭。

「好起來了嗎？還有哪裡痛嗎？」

「不痛了。」

我承認第一天真的超痛，全身疼痛，而且還高燒到感覺嘴巴苦苦的，吃任何東西都不好吃，行走的事情就更不用說了，只是翻身就覺得全身要裂了一樣，讓我忍不住覺得奇怪，為什麼那天做完之後，我還能走去洗澡。

「Bird打了很多通未接來電，我還沒有回他電話說。」

「趕快打吧！你朋友可能擔心你到無法做事了吧。」我拿著手機、走到陽台，帶著畏懼的心打電話給遠方的人。就害怕嘛，我怕他會因為擔心我失蹤，所以一接起電話就破口大罵。

沒等多久，對方很快就接了電話，讓我嚇了一跳。

『Chayin，怎樣？你是死去哪裡了？』看吧，一場硬仗要來了。

「我……我剛跟 Yuk 講開。」

『你這混蛋，Top 好幾天前打來報告過了，要是只顧著等你接電話，世界大概早就塌了。』另一頭不停地抱怨，聽了簡直讓我想起家裡的媽媽呀。而且不只有他一個人喋喋不休，還有喧鬧聲不時地插進來。

「你到底在哪裡啊？」

「跟我老婆來夏威夷度蜜月。」

謝謝你一直擔心我喔！呸！

原本還擔心不接電話的事情可能會被罵，擔心朋友吃不下、睡不著，找了我好幾天，但得到的結果，居然是知道好友正與老婆在夏威夷度蜜月！嗯哼，很好！

『那現在 OK 了沒？你壓力一來就逃避問題，他媽的很令人擔心。』

「OK 了，所有事情都跟 Yuk 聊過了。」

『也好，不然只顧著吃醋來、吃醋去的，快點做一做啦！看了就煩！』

做過了……

「Bird……」跟他當朋友這麼久，他一直都是個很好的諮詢對

象，我不知道過去有沒有不小心做錯了什麼，但還是再問一次、確定一下：「如果有一天，我做錯了什麼，你會罵我嗎？」

「做錯什麼？」

「不知道啦，大概是魯莽行事、看輕自己之類的。」那天的事情還黏附在我的感覺裡，因為羞恥，讓我有時候不敢正視 Yuk 的臉。我跟他還沒交往就發生了關係，我害怕哪天不愛的時候，我在他眼裡的形象會改變……

不再是開朗天真的 Chayin，反而充滿缺點。

『我罵你幹嘛？』

「罵我笨啊。」

『這世界上誰沒有笨過？做錯了就當學習，下次就不會再錯了。』

「真的不會罵我吼？」

『罵了你也不會記得啊，要試著自己遭遇過，錯了才會知道是怎樣，去痛過、難過之後再慢慢接受它也不遲。其實有好幾次都想跟你說這件事，那是你的人生，要選擇什麼或者做什麼，都是你的權利，誰說了什麼好話或壞話都隨他去，但相信我，沒有人會比你更懂自己了。』

美國的大怪胎這次是認真的，我不覺得這種想法會出自其他朋友的口中，除了 Bird ！

「那個……我有秘密要跟你說。」而我決定將自己的祕密說給他聽，因為我想，畢竟不會再更痛了。

『嗯，說吧。』

「我⋯⋯我跟Yuk不小心有了什麼，然後就也⋯⋯還沒在一起。」

『那就在一起啊！』

靠！你的答案讓我愣了好一陣子，才好不容易能出聲回應。

「說得簡單，做起來很難吼！」

『難在哪？就看你都跟他上床了啊。』

這種答案，就跟被拖去十字路口中央教訓一樣吧！

「我不知道Yuk想怎樣啊。」

『問看看啊，想東想西幹嘛啊！』

「只是怕說最後不如所望。我不知道，所謂的愛是否有多到想從朋友階段跨越到愛人的階段？」對我來說，我想跨過去了，但還不確定Yuk在哪個程度。

『Chayin，你聽我說，投資下去之後，沒有得到回報的事情很多；也常常見到有些是壓了整副身家下去，最後一敗塗地的。你對投資愛情的期望是什麼呢？』

「就是愛情啊。」

『因此，你該知道，不是每個人投下去之後，都會得回愛情。你要自己試著去賭看看結果是什麼。』

「⋯⋯」

『到那時候，愛或者不愛，你的責任只有接受事實。』

五天以來，我第一次離開房間，大個子去公寓找Top，為了跟

他聊一下。我沒有見到 Dream，但從聽到的對話之中，就可以知道被討論的人是她。

在 Yuk 關掉所有聯絡方式的時間裡，一開始還有許多朋友輪流到家裡陪 Dream，但讓她的症狀有明顯好轉的人是她的前男友，他回來求復合，這也讓好幾個朋友放下了不少擔心。

至於，我跟 Yuk 的關係仍不明，因為不確定該怎麼稱呼它。

從那天算起，我仍舊不敢直視他的臉，每次一看，就會讓我想起那些自己做過的羞恥事情，包括先撲上去吻他，還有邀他發生關係，真的想到就想哭出來。

「聽你唸說想吃 Buffet 好幾天了，等下一起去吃？」從 Top 的公寓下樓之後，亂七八糟的對話又開始了。

「就……就你請客的話，我就去啊。」

他給了一個微笑，順便還揉亂了我的頭髮。

「還要請你喔？」

「先借我也行，現在沒有錢。」就工作都沒做啊，叫我寫完送去公司的歌也還寫不出來。

「借你一輩子，如果我沒有搶先你死掉的話。」

「相信我，你活不到老死的！」

「真的很會講吼，小孩。」

最後，我們還是像以往一樣來到常去的吃到飽餐廳，但問題不在吃，而是在我要怎麼吃，才能最少跟對方對到眼。

「Chayin，也吃點豬肉。」

「好啦。」

我們沒有談過那晚的事情，所以不知道該怎麼落幕，只能一直裝作忘記。

　　「看我的臉一下嘛。」低沉的嗓音輕聲說，但我依舊低著頭。「我到底有多久沒有好好看你了？乖小孩，快……」

　　「幹嘛要看你的臉啦？」

　　「那為什麼不能看呢？」

　　就我害羞啦！！！！！也覺得很羞恥！試著去床上翹屁股勾引別人就知道是什麼感覺了啦！

　　坐下來半個小時，我發誓我吃不到半片豬肉，明明平常就是各種狂吃，一副隨時要把店家吃垮的樣子。

　　「我……不敢看你的臉。」說著還一邊撇嘴，這樣我就一點也不酷了啦！

　　「為什麼？還在生氣喔？」

　　「太羞恥了……我做了那樣的事情。」那瞬間，對面的人立刻大笑出來。

　　什麼鬼啊？以為是好笑的事情嗎？

　　「你叫我進去你身體裡面那個喔？」

　　「該死！Yuk你這個混蛋！」要不是怕弄髒手，哥哥我就將生的肝丟到你臉上去！

　　「那是很一般的事情，你可能還不習慣。」

　　「你不覺得我做那種事很糟嗎？我一點自尊都沒有耶！」

　　「既然我們相愛，為什麼要覺得糟？如果你因為跟我睡而失去自尊，那我跟你睡，也一樣沒有自尊，很公平了吧！」

回不出話，也不想繼續說了，怕會離題太遠。

沉默盤踞在鍋子的四周，我低著頭，一邊撥著盤裡的肉，一邊偷偷觀察對面的人的一舉一動，Yuk 似乎也有點不自在，各自將肉一下一下沾著醬，沾滿後才放入嘴巴。再次回過神，結帳的時間已經到了。

一個年紀大概高中的小男生，先看了盤子跟鍋子的乾淨程度後，用清亮的聲音說：

「剛交往嗎？」聽到的問題讓我嚇到跳了起來。

「為什麼這樣問？」

「我們店裡平常在情侶身上賺到不少錢，特別是像哥你們這種剛交往的。」

「怎⋯⋯怎麼說？」我詢問著，完全不想看坐在對面那人的臉。

「剛在一起的情侶只顧著害羞，不太有人會吃很多，還有眼神。今天兩位大哥一人吃了兩片肉，魚、海鮮跟菜都沒有減少，還有沾醬也沒有再加。」

「呃⋯⋯」

「划算一點的，我想是這個白開水了，喝完了三瓶，這頓主要的花費都在這裡，喝的東西是45銖，兩片豬肉算2銖50撒丹，加起來兩個人大概是50銖左右。」

「啊？那我們現在要付多少錢呀？」

「這裡。」對方放下了帳單，「一個人299銖，兩個人剛好總共是498銖。」

我乾笑著，看向負責掏出錢包的大個子。

「這是飯錢，而這個是給你的。」Yuk 先生遞出錢，然後在「祝你們相愛久久」的祝福聲哩，握著我的手離開店裡，讓我好想拉起衣服遮住臉，讓事情快快結束。

「吼～～～～以後不來這裡吃了啦！」我抱怨出聲。

「為何？對服務小弟說的話害羞喔？」

「沒有，不划算。」

「新婚的老婆就是這樣，去哪裡吃都覺得不划算。」

「誰是你老婆？」

「你啊。」

「我們又還沒怎樣。」

「怎麼會沒怎樣？」

「就你不說啊！」

「說什麼？」

很氣欸！為什麼我要當說的那個人？

「不知道啦！」

「好吧。」說完，他就把錢包塞到我手裡，我傻了好一陣子。

「什麼啊？」

「你不是要錢嗎？等我允許是吧？來，通通給你。」

才不是咧！！！我不是要跟你要錢，是你從來沒有要我當你男朋友啦！可惡！都沒有浪漫的時候耶，只有白目到令人想踹他的心情！這下要怎麼辦啦？

還是沒有交往，但反而得到了錢包，呃……大概還夠補償……吧？

第十五章 |

未曾「遺忘」

　　Chayin 的人生再次回到正常的狀態，沒有再像過去一樣，有狗血發牢騷的場景，或者為了逃避問題，而在錢包乾癟的情況下跑去演唱會裡亂蹦亂跳。

　　我開始花時間在家工作，但每天都有 Yuk 不時就跑來找我，有些天是手上帶著買來的東西，有些天也提著大包小包來一起睡到迷迷糊糊，所以一開始有的羞怯一次一點地變成了習慣。

　　問到我們的關係，就大概只能說沒有進展，就……發生關係了。對，真的發生關係了，但不曾聽過任何的交往請求從他嘴巴裡說出來，我也緊張了好幾天，直到跟 Bird 聊過，他的安慰讓我的心開始平靜下來。樂觀來看就是，不講就算了，這樣過日子也沒有想像中的不好。

　　另外，我也是男的，沒有什麼好負責任的。

　　重要的是……是我自己獻身給他的，還要要求什麼，安靜地保持一點尊嚴可能好些。

　　媽的，那我現在又是在偏執什麼？每次想到這件事，都會覺得心痛……好喜歡這個說法喔！記下來拿去寫歌好了！

　　叩叩叩。

　　我立刻轉過去看向聲音的來處，也沒幾個人會這樣突然出現在

家門口敲門了，明明就沒有門卡，卻每朝每日溜進來找人。我支起身來，走去開門，然後看見那個令人膝蓋一軟的笑容出現在面前。

Yuk 今天仍穿著黑色的帽 T、膝蓋挖洞的牛仔褲跟 A.P.C 的帽子，非常凸顯殺手的外表。他手上沒有拿其他東西，就只有背上背著一個全黑的背包而已。

「你是很閒嗎？才會這樣天天辛苦地跑來。」

「不閒啊，案子的死線又要到了，但還是要來找你。」

「沒必要那麼累吧？」

講了好像也沒在聽一樣，高大的身軀就這樣跨進屋內。第一個直奔的點是衣櫃，他熟門熟路地拿出裡頭的用品，放進背包裡。

「喂喂！你在幹嘛啊？」我立刻凶了起來，但對方還是沒有住手的樣子。

「今天去陪我一下嘛。」

「你不是在趕工嗎？為什麼還要我去陪你？你長大了吼！」

「想不出東西來，沒有動力。」

「可以跟朋友出去玩。」

「這樣工作會來不及做完。」

「講得很像你來找我，工作就會來得及做完一樣。」

大個子這次沒有回答，但加快了腳的速度進到了浴室，拿了一些我必用的私人用品塞進包包裡，然後裝作沒事一樣過來問我：

「好了嗎？」

「你……你搞什麼東西啊？」

「在寫歌是嗎？好，去拿吉他跟寫歌本，等下我們要趕快出門

去了。」

「去哪？」

「我家。」一看到我還不動，雙腳就走去拿了吉他，然後回來抓了我的資料，熟門熟路的樣子，而我故意站著不動，仍沒有搞清楚狀況。

「Chayin，你不在，我沒辦法工作，無法專心。」

「那……那你幹嘛不自己把東西帶來我家啦？」銳利的雙眼盯了回來，然後好看的嘴脣平靜地開口：

「在我家有很多食物喔。」

「所以咧？」

「你會吃得比較飽。那邊有水果，也有我點好的韓式炸雞，還有很多很多零食，保證絕對不會餓死。」以為我是小孩子喔，居然拿食物來釣我！但一看我沉默了，那傢伙就繼續說：「比你吃泡麵好吃很多喔……」

「不用把話倒在我耳朵裡，要去就去。」

說完，面前的人就露出了一個大大的微笑，是個爽朗又帥得要死的笑容，為什麼我不能笑得那樣帥啊？

我搭著同一輛日產轎車前往公寓，去到同一間十分熟悉的屋子裡，四周的氛圍還是一樣地溫暖，像每一次踏進他的世界一樣，我最喜歡的是被書櫃環繞的床，所以事不宜遲、立刻跳上去打滾，然後才拿出寫歌本出來寫，雖然還是躺著。

「想吃什麼？等下拿給你。」低沉的嗓音用心地問，我轉過去看

著他，然後才短短地回答：

「炸雞。」

「OK。」

「但我可以在床上吃喔？」

「不可以。」

「嗷！」所以是不能在床上吃，但可以在地板上吃。就是呢，要說是床上也不太對，因為 Satawat 的房裡只有床墊，跟地板的差距並不高，因此我可以在床上打滾的同時，炸雞跟可樂仍放在地板上，而雙手可以隨時拿到食物。

「怎麼會懶成那樣。」一被笑，我就撇了嘴給他看。

「要趕工就去趕，注意我幹嘛啦？」

「現在是變成白目的小孩了嗎？」

「誰小孩？請你好好說話！」

「OK，你不是小孩，你是我的老婆。」

我心裡的不滿讓我差點就把炸雞丟在他臉上，但我表現出越多反應，對方就會越開心，所以我選擇閉嘴沉默、不去反唇相譏，只是把食物吃完，然後回來寫一首長長的歌。

「不說話了耶，生氣囉？」

「……」

「Chayin。」

裝作不理他一陣子後，一直煩人的低沉嗓音也安靜了。我瞥了一眼坐在椅子上的人，他不再轉過來看我了，而是改為專注地盯著充滿文字的螢幕。

生我的氣了嗎？

不該玩欲擒故縱的，要哄他又覺得沒有尊嚴，所以還是沉默以對好了。

我把剛吃完的炸雞盤子收到廚房的流理台，將地板清理好，但Yuk還是不願意轉過來，所以我也裝作不在意，拿起吉他跟寫歌本開始工作，雖然我明明知道自己再怎麼努力也寫不出東西來。

沒有聲音的半個小時過去了，不安開始蔓延在情緒裡，我站起來伸展，發出一些細瑣的聲音去引起注意，但沒有奏效。

我們沉默地玩著心理戰，直到我的耐心徹底用光，成為先說話的一方。

「在工作喔？」拖著長音，以防對方沒注意到。

「嗯。」但得到的回答短之又短，而且那傢伙還不願意轉頭跟我對視。我的心受傷了，為什麼要被這樣鬧脾氣啦！

「那……那要弄完了嗎？」

「還沒。」真是有問有答呢！

「我睏了。」

「去睡吧。」

我要哭了啦！！！

如果問說「可以要求什麼嗎」，答案大概也是「不行」。Yuk可能是忙於工作，再加上正假鬼假怪地鬧脾氣，所以話少得嚇人，而我用盡了所有方法，且不想打不會贏的仗，所以舉白旗投降，回來繼續低頭專注在小小的寫歌靈感之上。

不知道我們對彼此沉默了多久，我聽到了移動的聲音，但還是

不想抬頭看，直到感覺到床墊的塌陷，以及他完全沒問過我，就把我被拉去抱住。

「搞什麼？你先前還對我沉默以對欸。」

「我在工作。」

「那為什麼我說話的時候，你不回長一點啦？」

「要回很長喔？反正簡短回答也行吧。」頑皮的手在我肚子上來回地摸著，就算我試圖想轉過身躲開，但似乎一點效果也沒有，於是只好坐著不動，讓他像個任性的孩子一樣，將臉埋在我的頸窩。

「你在幹嘛？」低沉的嗓音輕聲地問。

「寫歌啊。」

「什麼歌？」我拿起寫個「遺忘」的紙張給他看，然後那傢伙用悶悶的聲音說：「又是悲歌喔？好不適合你。」

「這種才適合我。」這首歌是特別寫的，在那個必須再次回到一個人過日子的時候，但誰知道，我最後並沒有過上那種日子很久，因為某人回來了，而且關係還比以往更加倍親密。

「你寫情歌吧！」高挺的鼻子還在我臉頰上蹭，蹭到感覺好癢。媽的，好想叫他滾回去，像之前一樣安靜地趕稿喔！

「我覺得自己沒有很適合寫情歌，而且我也想好這首歌的MV了。」大個子退開了一點，然後皺了一下眉頭。

「等一下，歌都還沒寫完，就趕著想MV了喔？」

「當然呀，能先思考的事情就先想。你想聽嗎？」他點頭，所以我露出了閃亮的笑容兩次之後，開始興奮地講述細節：「就……男女主角從中學就在一起了，是一段長達十年的戀愛。」

「嗯，然後呢？」靠，臉上一點表情也沒有。

「可以給點興奮的表情嗎？」

「你才講了這樣，是要興奮什麼？」

「那先聽我說。事情發生在有一天國家遭遇了困難，有國家間的戰爭發生，男主角想去幫忙的同時，女主角卻不願意，想拉住他、跟他在一起。」

「嗯哼！」

「最後，男主角還是去了，所以女主角用了每天的生活去忘了曾經在一起的人，做些新鮮的事情、認識新朋友，開始了新的生活，但不曾忘記過，直到好幾年之後，男主角回來了，到那個時候，女主角也已經忘記男主角了。」

「女主角沒有新的情人嗎？」

「必須沒有，不然就不深刻了。你也有一樣的想法吧？」

「不是耶。」

討厭這個叫Satawat的人，錯了嗎？

「我超喜歡的。」

「是喔？但這個劇本有夠老套的。」

「我還沒看過哪支MV是這樣拍的咧！」

「啊？真的假的？YouTube上滿坑滿谷都是好嗎？」

除了不鼓勵我之外，居然還斬斷我的希望！不知道該怎麼回嘴，我只好做出不滿的臉。他的嘴角勾起一抹微笑，然後拿起寫歌本，寫下了一些東西。

「試著寫看看情歌吧！我覺得它很適合你，想要你寫寫看，如

果不行再停掉。」寫歌本被遞到我面前，我看向自己的文字，現在上面增添了另一方的筆跡，同時肚子裡冒出了奇特的感覺……

那是一種在看到覺得很棒的感覺。

「未曾『遺忘』」

「未曾」兩個字完全改變了整個歌的情緒，從悲傷變成了愛，從寂寞變成了想念。

「你覺得我做得到嗎？」

「可以的！小孩你很厲害。」

又是小孩！

「我要付你多少錢，你才能停止這樣叫我啦！」

「想付我錢喔？」

「呃……對！」看到那狡猾鬼的眼神之後，我吼！想賞自己幾巴掌，不該脫口而出的！！我怕事情不會就這樣結束！大家都知道Yuk是個調皮搗蛋的人，而現在……

「你要幹嘛？」在那高大的身軀將我摟去抱住的時候，我趕緊出聲警告。

帥氣的臉龐在我面前蹭著，輕啄每個地方，讓我必須緊緊地閉上眼睛。

「呃……你不要……鬧我！」

「才沒有鬧你，只是想咬你。」然後，媽的，咬我的脖子咬到有些刺痛，我打了他的手臂，想討回來，但這似乎更像是替對方增添

了火種。

　　我被推倒躺平，不安跳動的心像是掉落到了腳踝附近，讓我必須舉起手抵住結實的胸口，但我還是輸給了上方那人的身體優勢。

　　「Yuk！」

　　「讓我親親你的臉。」

　　「我要寫《……」話都還沒說完，那高挺的鼻子就壓到我的臉頰上，一直到整張臉。能聽一下我的話嗎？媽的，外加退開的時候，還有臉繼續問：

　　「可以吻嗎？」

　　「不可以。」

　　「可不可以用力咬？」

　　「不行！」

　　「OK，得到允許了！」允許你爸啦！

　　話還來不及反駁，我就像是蠢熊的獵物一樣被抓住了，直到我全身癱軟無力。真的很會讓別人一而再、再而三地敗給你耶！

　　「啊……痛！嗚！」咬我嘴巴是嗎？我也要咬回去，但來不及，因為溫熱的舌頭先塞了進來，一切發生得很快，快到來不及反應，呼吸開始困難，好不容易對方願意放我自由時，我已經被親吻及啃咬到無法動彈的狀態了。

　　鈴～

　　電話聲像是拯救生命的大鐘，它鈴聲大作了一會兒，但Yuk還是不管，直到電話掛掉，然後又響起了第二次、第三次，像是有人為了生死攸關的急事打來一樣。

「Yuk，你先接電話。」再這樣硬來，我一定會死掉。

大個子百般不願地走回工作桌，然後對電話那頭大小聲。我不知道他在聊什麼事，但一看到對方做了一個要下樓的手勢，我就點點頭表示知道。

不久後，某個人的聲音就突然出現我耳朵裡，然後我立刻就知道了——我的人生完蛋了！

「Chayin人在哪？今天來這邊睡喔？Chayin！Chayin！」Top在外面大叫，而我則趕緊倉促地坐了起來，把我的衣服及外觀打理回最正常的樣子，因為我知道這世界上不是只有我跟Bird很會探人隱私，像他這種傳說級的專欄作家也是不能小看的。

「有……有什麼事？喊那麼大聲，討厭死了！」Top走進了臥室，把我從頭到腳看了一遍之後才開口問：

「在做什麼？」

「做……哪有做什麼，我什麼都沒有做！」我立刻否認。

「我是指有沒有在寫歌，你的『什麼都沒有』是在靜坐喔？」

「就寫歌，至於Yuk在寫小說。」

「我又沒有問到Yuk，你是怎樣？看起來這麼緊張！」

「你抓我把柄抓得太超過囉！所以說，你是來幹嘛的？」說來就來，來不及反應啊，必須使用第二招——趕緊轉移話題。

「順路來找Yuk，我本來平常就會來找他，但沒想到你今天也在。」要不是念在他跟我交情不錯，我會以為Top是Yuk的另一個老婆，真的連體嬰耶！

「就Yuk帶我來的，其實我也不想來啦！我說我們現在出去外面好了，一起看電影。」我趕緊從床上起身，推著比較高的人往客廳去，同一時間，主人也剛好翻出了冰箱裡的零食。

　　Top攤在柔軟的沙發上，而我則盡個當好主人的義務，去找出櫃子裡滿坑滿谷的電影光碟，然後拿出一片。

　　「我想看《司法爭鋒》。」專欄作家大聲了起來。

　　「不知道有沒有耶。」

　　「有。」

　　「你怎麼知道？」

　　「那一盒我都看過了啦！」

　　「那麼常來！」

　　「在你消失的時候，我無奈地坐在這裡陪著Yuk啊。」聽到那句話之後，我的心立刻就軟了下來，當我越是轉過去看著站在櫃子邊的人，胸口的好感越是多得讓我只想哭出來而已。

　　「別聽Top的，你現在也回來了，而且食量還變很大！」Yuk的話逼著我不認輸地回嘴：

　　「我食量很平常啊，只有你老愛拿食物來逗我！」

　　「你就小孩啊！」

　　「我不是小孩！」

　　「認真問你們，你們都吵這種智障的問題喔？我沒力了……」說完，Top直接倒下去躺平，一邊拿手機出來按，直接無視。

　　電影《司法爭鋒》播放的同時，大個子拿著飲料及零食走過來放在待客的桌上，然後脫身去坐到電腦前面，留我跟以前的中學朋

友獨處。

Top 真他媽的神經病！他一直盯著我，但什麼也不願意說，直到我覺得很煩悶，最後耐心也用光了，所以就直接問出口：

「看著我幹嘛？有什麼就直說！」

「Chayin，在我來之前，你在幹嘛？」

「沒有幹嘛，就一個人坐著寫歌。」

「真的一個人？」

「對啦！你懷疑什麼！」

面前的人用手指比了比自己的脖子，於是我皺了眉頭，然後就看他搖搖頭、手指換指著我。

「你的脖子紅通通的。」

真的？一聽到那樣，我立刻舉起手、抹著自己的脖子。靠北咧！腦子裡努力地找著辯解的藉口，但唯一想得出來的是⋯⋯

「可能是蚊子咬吧。」

「是喔？房裡還有蚊子喔？」

「哪裡都有蚊子吧？你看又飛來了，你自己也小心點。」

「小心你自己吧！你的皮膚紅得像被人種過草莓一樣，唉～～」

混蛋朋友！發神經喔！！！

被抓到把柄時，我整個人都要瘋了，外加這話題用 Top 的大笑跟揶揄的臉作結，讓我好想不顧一切的大哭。

我才沒有被種草莓咧，我只是被一隻蠢熊咬而已！好了，別再問了，煩人！

我跟 Yuk 的生活在睡覺的事情上有些混亂——有些天他會帶著衣服去睡我家，但有些天又帶著我來家裡，就這樣過了將近一週，直到我們的一些用品開始四散，不得不每樣東西都新買兩份。

　　我家一份，大個子家放另一份，此後，混亂卻也變成了習慣。

　　「早安啊，小孩。」新的早晨開始，我聽見獨特的低音在耳邊響起。他沒有躺著，但人正坐在旁邊，像每天早上一樣手上拿著一杯溫水。

　　「早安。」

　　「先喝水。」他說是為了身體好，不知道是不是真的，但我也沒有拒絕，拿起水杯，仰頭喝完一整杯。

　　從那天之後，我們之間就沒有再更深入的親密接觸，有時候會被拉住抱著或者深吻，但沒有再更多過了，兩人的狀態仍舊模糊不清，他沒有提過要交往，同時我也倔強著、難以去問，於是就放任它不疾不徐下去。

　　「現在幾點了？」我問著身邊的人。

　　「要十點了喔。」

　　「嚇！幹嘛不叫我啊！」

　　「你昨晚快清晨才睡，沒睡飽等下又在那邊吠。」

　　我是人，不是狗可以到處吠。

　　「我工作想不出來啊，就陸續找東西看了看，等到再回神的時候就快早上了。」

「看什麼？」

「要……要知道幹嘛啦！」

「不是你點進去看 #YukYinCouple 裡面的小說嗎？」

「少亂猜了！」即使我因為最近腦子遲鈍、需要找些靈感而看過一些，但也是事先篩選過的了，所以不太會再看到自己懷孕或者成為高麗菜精、被男主角踩躪的故事了！哼！

「亂猜在哪，我本來就有看到你打開。」

「我只有看自己很帥的那篇而已！然後我也很氣作者還是不更新。」都一個月了，是死了嗎？讓人只能一直重複看舊的章節。

「你懷孕那篇喔？到底在等待什麼？」

「才不是，是我是 AC118 那篇好嘛！」

「喔～」大個子點點頭，但似乎不像我一樣投入。也對啦，他只是曾經推薦這篇給我看而已，不代表會繼續追，然後像我現在這樣追得入迷。

「那我先去洗澡喔，要趕快來寫歌。」

「打扮得帥一點喔，今天一起去我姊的咖啡廳工作。」

我瞪大眼睛、又確認地問了一次。

「Yam 姊的咖啡廳喔？」

「嗯，聽她唸說想念你，想讓你去試店裡的新菜單。」

「如果你姊邀約的話，我大概就得去了吧。」

「你是弟媳，Yam 本來就會約你了。」

「自以為。」

「好，自以為就自以為。」我送了一根中指、結束話題，然後拖

著身體、抓著浴巾進去浴室。

　　雖然咖啡店因迷妹而過於吵雜，偶爾也有點讓人頭痛，但還是好過沒事待在家，讓 Yuk 每次一找到機會就騷擾我，怎麼一想起來臉就紅了呀？隨著時間過去，我也跟著他越來越變態，真是搞不懂自己。

　　「弟媳～」在我跟 Yuk 跨入店裡時，一個皮膚白皙的女生立刻發出了尖細的嗓音。店裡環境仍舊因人群而過於擁擠，而成為眾人目光焦點這件事，我一次也沒有習慣過。

　　「Yam 姊，妳好。」說完還不忘舉手拜一下作為招呼。

　　「Yam 是誰？是潤鵝！」

　　「好，潤鵝。」抱歉抱歉，我忘記姊姊她是明星了，哇嗚！

　　「先去那邊坐，等下我拿飲料跟零食去給你。」大個子面無表情地說，然後在身為姊姊的人的抱怨之中，將我推向店裡角落還空著的桌子。

　　「幹什麼？來你姊的店裡卻一聲招呼也不打，現在還把弟媳趕去坐那邊！」

　　「我不想讓你煩 Chayin。」

　　「你說什麼？不懂你在怕什麼！」

　　「怕你會逼迫 Chayin 去弄妳喜歡的男生的髮型。」

　　我讓他們姊弟倆去鬥嘴鬥了好一陣子後，Satawat 少爺才帶著店裡的新品及好幾樣放到滿出來的點心回來。就算有十個 Chayin，我也吃不完好嘛！

「東西這麼多，你得幫我一起吃喔。」

「我不吃甜的。」

「怎麼可能，那時候還喝草莓牛奶咧！少騙了，立刻坐下來陪我吃！」威脅看來奏效了，所以那傢伙乖乖地在我面前坐著吃點心。

「Yuk，來一下。」吃了一下子，Yam姊又叫他。

我在一個看不到櫃檯的死角，所以不知道店前面的庭院發生了什麼事情。

「我等下回來。」

「嗯……」一開始我不太關心，因為他們姊弟可能有自己的事要聊，但消失的時間一久就開始覺得擔心，我作勢要起身去櫃檯前面，也許可以幫個忙或者送飲料給客人什麼的，但不久後，Yam姊的瘦小身軀就笑著走到了桌邊。

「怎麼樣？新品好喝嗎？」她用心情很好的臉問著，令人無法不跟著笑出來。

「很好喝！那個……Yuk呢？」

「有點事情，所以我就叫他去店的後面了。來，弟媳，你現在在寫歌嗎？聽Yuk說你很焦慮，有什麼需要幫忙可以跟我說喔！」她擠進來、坐在對面那張曾是大個子位置的椅子上，交替地瞟了一下寫歌本跟我的臉。

「現在大概寫70%了，曲子寫完了，只剩下歌詞。」

「好有趣，寫完了的話，是要送去給公司對嗎？」

「還不確定耶。」

在我心裡，這首歌只想寫給 Yuk 一個人，不想賣給誰做商用，就算有天會賺很多錢，但意義卻比不過跟寫歌給某個人的感覺。

反正都窮那麼久了，泡麵也成了生活良伴，所以我也不太擔心還得餓肚子這件事。

「真是個有趣的工作，我總是遇到一些創作者，前幾天才剛跟 Top 聊過天，那個人是專欄作家對吧？」Yam 姊試圖找我聊天，在沉默時也不會覺得害羞或者尷尬的情況下，我們開始熟了起來。

「對。」

「我賄賂過 Top 了，要他幫我的店寫專欄，嘻嘻！」

「Top 本來就會寫了，再加上你是 Yuk 的姊姊，他們兩個好得要死。」

「對吧！雖然他們真的剛認識沒多久，但像是從上輩子就是朋友一樣。上一次，我還拿那時候 Yuk 得到 DA'VANCE 之月的照片給 Top 看，我們坐著笑了很久。」那句話讓我愣住了。

「D……DA'VANCE 之月？Yuk 曾經是……DA'VANCE 之月？」喉嚨立刻乾了起來。

我這屆的 DA'VANCE 之月只有一個人，那時候我也沒有去在意對方是誰、在補習的孩子中有多受歡迎或者得到什麼地位，只是……

「迷迷糊糊就當上了，拍照的時候還擺著臭臉呢！你看這個！」Yam 姊說完就滑了一下手機，然後把照片遞給我看，照片上的大個子比現在稚嫩了點，但他沒什麼變，就算時間已經過了好幾年。

照片裡的 Yuk 正面無表情地站著，他身上帶著「DA'VANCE

之月」的背帶，身旁是個我不認識的女生，但看起來真的超好笑。

「Chayin有看過DA'VANCE嗎？」

「有，但應該跟Yuk是不同分校，不然就是一起上過課，但記不得他。」模糊的記憶裡只有被中學時候的初戀女友提分手，因為她要跟DA'VANCE之月交往，但我也忘了是哪一年的DA'VANCE之月了。

如果最後樂透揭露就是這個住在作家身體裡的殺手，我豈不成了狗了！

跟過去搶我女朋友的人發生關係……神啊，拜託不是吧！剛好不想回顧過去那筆帳了。

「喔，但如果有一起上過課的話，那地球真的是滿圓的。嗷！有新的客人來了，我先去點個餐喔！」我緩緩點了點頭，看著瘦小的身軀從桌子衝出去。店裡本來就還有一個服務生了，但就算是這樣，她還是竭盡全力地為每個人服務。

我寫著歌，同時一邊還叉著蛋糕吃，不過大個子好像消失了很久，我不禁擔心了起來，所以決定走去櫃台。在櫃台這邊，我要找的人連個影子都沒有，而一問Yam姊，她又露出一副有難言之隱的樣子。

「Yuk去哪裡了呢？」

「有點事情要處理。」

「在哪裡處理呀？說不定……我可以幫上什麼忙。」

「弟媳你先坐著等就好，等下Yuk就回來了。」害怕的感覺攀上了心頭，我沒有再多問什麼，但帶著乞求的眼神，站在原地不動。

Yam姊努力低著頭、不與我對視，但沒多久就認輸了，用輕輕的聲音跟我咬耳朵說：

「Yuk在店的後面，有點事情要跟Ryu聊。」

寒意從頭頂擴散到了腳底，我不再多等什麼解釋，只是加快腳步走向櫃檯後面、打開門走到戶外，然後看見Yuk滿臉是血，正被Ryu舉起手要打下一回。

「Yuk……」第一個想到的名字就是他。

兩個人一起轉過來看向我，然後自動分了開來。

「Yam姊跟你說囉？先趕快進去吧！」高大的身軀趕過來找我，非常努力想開門讓我進去，但我不接受。

「你們在做什麼？」可惡，感覺就像是快要哭出來了。

「我們之間剛好有一些事，跟你沒有關係。」

「沒有關係？Ryu，是真的嗎？」話的最後，我轉身去問站在不遠處的那個人。我們都已經大到不使用暴力了，但沒想到會發生這種事情。

「好，說跟你有關也行。Chayin，為什麼呢？為什麼你就喜歡他這種人？但明明他就沒有對你好過！」低沉的聲音充滿了憤怒的情緒，我視面前的人為朋友，心裡痛到無法反駁什麼。

「我知道每一件事情，像是你逃離的事情、Yuk他媽的為了前女友而拋下你的事情。都這樣了，你居然還愛他？」

「那個人生病了，我知道所有的事情了。」

「嗯，很好啊，因為生病，所以你就要接受是嗎？我跟你說，那有更好的方法，而且如果是我，我就不會像他那樣對你。」像是

被上百把飛來的無形刀子刺中，不是說沒有因過去而受傷，只因愛上了，所以願意接受一切。

我感覺得到身體的顫抖，過去的感覺不停地洶湧上來，我努力想要跨越它們，但沒想到再次被提起時，痛苦的感覺仍舊朝我奔流而來。

「Chayin……別哭。」溫柔的嗓音出聲安撫，那隻碰觸我身體的手，它的主人現在似乎感覺到了一些異樣。

「Chayin，你很痛苦是嗎？你告訴他，告訴他你能接受，然後就算下次再發生問題，你也願意接受下去。」Ryu還繼續說著，在此同時，Yuk也不去反駁什麼，只是來回地摸著我的頭做為安撫。

「不會再發生了。」

「Chayin你確定嗎？我給你機會再說一次，說出你心裡想的話。」

我看向說話的人，想找各種理由來回答問題，但可能沒有最好的話語或者答案，只有來自我心裡情感的話語而已。

「我相信。如果有天Yuk選擇了別人，我也只能接受事實。」

「……」

「別傷害Yuk啊！我求你，Yuk會痛……」

而現在的我比他痛上百倍。

人會在各種事情上犯傻，而我承認，自己在愛情上很傻，不過既然都已經發生了，不管日後發生什麼事，我或許會難過、或許會覺得痛苦，但到時候也怪不了誰。

無法怪罪愛情，也無法怪罪選擇別人的他，大概只能怪罪自

己——

愛得太深……

　　我在淚流滿面的狀態下被帶回家，而大個子也沒差多少，因為乾掉的暗紅色的血殘留在他的臉上，傷口還沒有被好好清潔及處理，即使Yam姊有找出毛巾輕壓止血過了，但狀況仍沒有好轉，所以我們必須先回家。

　　我幾乎記不得事情是怎麼落幕的，只知道在無需多說什麼解釋的情況下，Ryu臉上的苦笑成為了我所得到的答案，我們還能繼續當朋友，只是現在得讓各自的理智先平復下來。

　　「你會很痛嗎？我等等幫你處理傷口。」我跪在他的前方，原先深具魅力的眼睛仍在盯著我看，但不願意開口說任何話，只是緩緩地眨了眨眼。「Yuk，我沒有生你的氣，我理解你選擇照顧她的事情。」

　　「你不氣我，但我氣自己。」

　　「都過去了。」

　　「那時候，我太少顧及你了，還記得Top提醒我的話。如果沒有他，我大概已經失去你了……如果有天Top不在了，我又做出一些蠢事，我不敢想那一天。」說話的人聲音裡混著憂鬱，我們兩個人都受了傷，然後我們現在也應該一起跨過，為了能一起擁有幸福。

　　「我說過了，我會相信你。」

　　「Chayin，我不想失去你。」

　　「我知道。」

「我心裡其實不想當個好人，想當個自私的人，能選我所想選的，能跟你在一起，不用去在乎任何人，我一直都想這樣做。」

不是他本人，大概真的不會懂。

出於憐憫，會被其他人罵說，沒照顧自己愛的人，但如果裝作什麼都不在意，又一樣被批評沒有善心，怎麼做都會受傷。我也才剛知道不久，他得忍受什麼樣的事情，所以不曾怪罪或生氣，只是將曾經痛苦的感覺收藏在心底。

等待著那一天產生的傷口什麼時候會痊癒。

「你都不帥了，狀態好糟。」我半真半假地說著，並用浸過酒精的棉花處理嘴巴的傷口。

整個嘴角、鼻子，甚至是額頭都是血，而且還沒有算上右半臉烏青紅腫的痕跡，必須承認Ryu下手真的很重。我知道他大概是替我生氣，所以沒想責怪他什麼，還得謝謝他擔心我，但我也一樣擔心Yuk。

「反正你平常就說我不帥了。」左手被對方捉緊，而我也隨他的意思。

「帥，但比我差一點。」

「OK，我認輸。」

「為什麼今天這麼容易服輸？」

「傷口痛。」聞言，我的手停了下來。

「不要生Ryu的氣啊，他只是……好意。」

「他喜歡你，看眼神就知道了，所以他會希望如果我們沒有在一起的時候，他能夠照顧你，但我可以發誓，他不會有那一天的。」

這位大哥真有自信啊！先前是誰還拋下我，讓我胡思亂想了很久呢！

　　「你自己說的話要記得做到。」

　　「好，我會說到做到。」

　　真奇怪，僅僅只是一個人普通的一句話，就能讓巴住感覺的壞事情煙消雲散。我露出一個笑，看著那張帶血的臉，並將處理傷口的手放輕。

　　我面前這個叫 Satawat 的人，現在不只是愛情了，他也一樣是我的幸福及希望。

　　晚上我跟 Yuk 在家做了簡單的晚餐吃，因為先前買了許多生鮮食品回來儲存了，所以不用擔心每餐不方便找東西吃。我連續住在大個子家好幾天了，而最近大概還會住上好一陣子，住到他臉上的傷口痊癒。

　　晚一點，我們各自分開去處理自己的工作，我繼續寫歌，至於他則忙於書寫新的書稿，這是計畫中的第四本，等到能夠休息的時候，時間已經接近午夜了。

　　「先去洗澡吧，還有別讓傷口碰到水。」我對大個子重申一次，走去拿浴巾，再走到工作桌旁給他。

　　「你能幫我洗嗎？」

　　「等等，傷口是在臉上，又不是全身，少來撒嬌。」

　　老實說，是還不習慣，越是要我看到褲子脫下後的小 Yuk，就越是受不了，令人想死，光是想就覺得那疼痛的感覺沖了進來，讓

人感到一陣惡寒。

「為什麼心這麼壞？」

「不是我壞心，是你才對。趕快去洗，這樣才能快點睡覺。」這一陣子，我們開始調整新的睡覺時間，為了早起而早點睡，這樣我們的一天才能長一點，足夠去做其他許多事情，而這方法目前挺有用的。

高大的身軀站起來伸了一下懶腰，他伸出手來把我的頭髮揉亂之後，就吹著口哨走進浴室。

嗡～

隱隱約約的蓮蓬頭水聲傳出來沒多久，大個子手機的震動聲就響起，我看向螢幕，心裡驚嚇到像是跌落深淵一樣──他的「前女友」又打來了。

因為沒有足夠的勇氣去接聽，所以就放它那樣震動到掛斷，但不久後，新的來電又繼續打來，像是電話那頭真的有重要的事要跟 Yuk 聊一樣。

我深吸了一口氣，蓄積一些勇氣，拿起了大個子的手機，然後走向浴室緊閉的門口，告訴裡面的人說：

「欸，你電話響了。」低沉的嗓音很快地回覆：

「誰？」

「叫 Dream 的人。」

「啊……那你幫我接好了。」

「不好吧。」

「相信我，你該知道的。我們之間沒有什麼秘密，不是嗎？」

蓮蓬頭再次被打開，用水流墜落地面的聲音結束話題，只剩我得面對那個一次都沒有聊過天的人。

一……二……三！我在心裡數到三，同時鼓起勇氣。

「您好。」說出口了！但心裡仍顫抖到隨時會死掉。

『請找Yuk接電話。』聽到甜美聲音回覆的當下，我就知道自己在不對的時間犯了很大的錯，想走回去再敲一次浴室的門，但心裡有一部分又想要自己跟她聊。

「Yuk在洗澡。如果他洗好了，會再回電。」

『你是Chayin對嗎？』

「呃……對，是我。」我想他們兩個聊過我的事情，所以她才能猜得出來。

『我叫Dream。還沒機會跟你聊天或者解釋給你聽，雖然我明明知道Yuk跟你之間有些問題。真的很對不起。』一聽到對方的道歉，腦中及感覺裡深藏的痛苦就像得到治療一樣，放下了所有負擔，是一種感覺很棒的如釋重負。

「沒關係，我們現在講開了，Dream別放在心上。」

『太好了。』

「有沒有什麼事要告訴Yuk？我可以幫你轉告。」電話那頭沉默了一下，然後用些許顫抖的聲音回說：

『我……我想說我前男友回來了，但現在他不在了。』

「……！」恐懼突然滲透了進來，像是純酒精被灌進嘴裡，直到很快開始迷茫。因為沒想過會聽到這句話，所以不知道該怎麼辦，害怕一切會再次回到原本的樣子。

得擁抱自己、得寂寞、得一個人哭。

我不想再變成那樣了，雖然已有些心理準備，但還是來得太快了……

『我們是好好地結束，是努力想要維繫但沒有結果，我現在的感覺沒有比先前好太多，我承認滿糟的，但還是想謝謝Yuk，在我身邊沒剩誰的時候，一直照顧我。』

「Dream現在……要Yuk去找妳嗎？我可以告訴他。」就算痛苦也得接受。

我討厭不經意就默默哭出來的自己，沒想到會如此脆弱，那個開朗樂觀的Chayin去哪裡了？

『不用了，我一直有人陪著我了。』

「……」

『而且，Yuk也曾跟我聊過這件事了，我可以依賴，但不能打擾太多，我不會再求他來陪我了，也不會再打給他或者要他做違心之事了，因為我知道Yuk可能不會再這樣做了，他已經做了選擇。』

「但如果有需要……有需要幫忙的話，也可以說。」

『Yuk說Chayin人很好，我今天體會到了。但還是不要比較好，只是想打來說謝謝，謝謝他在我艱難的時候做的事情。』

「我會告訴他。」

『嗯，就這樣了。』沒有人先掛電話，所以我聽到Dream再次開口：『Chayin，別生Yuk的氣吶！』

「……」

『過去的所有事情，都是我拜託他的，他很愛你，因此不用再

擔心什麼了。』

「謝謝妳告訴我。」

『你仍舊還是他的一切……』

電話被掛斷了，我坐在床上不動，想不到要擦眼淚，有一小部分覺得還好有跟那個人聊天，它將不愉快的感覺通通都釋放了。

浴室的門被打開了，我低著頭、不想跟另一方對到眼，因為怕他知道，愛哭的症狀又加重了。怕被叫小孩啦！感覺一點都不酷，想要酷一點啦，所以要維持酷酷的樣子。

「聊完囉？」面前的人問著。他的腳移動到衣櫃，不怎麼仔細地拿了T恤及睡褲出來穿。

「聊完了。」

「Dream有說什麼嗎？」

「她說謝謝你照顧她。」

「嗯。」

「你知道她跟男朋友分手的事情了嗎？回頭的那個人……現在不在了。」我越說越抖了！害怕Yuk會趕著去找她！

「知道了。」

「那你不想去安慰她嗎？」

「安慰別人然後放小孩哭，這可不行。」他笑著說：「你看，又哭了對吧？」

「才沒有，你眼花了！」

「是喔？」大個子連忙走到床邊，然後撲過來緊緊地抱住我，緊到我們倒下來一起躺著。

這幕導演應該要拿去拍MV，看起來非常地狗血浪漫，但事實上呢，痛爆了！他撲過來，人還跟蠢熊一樣大隻，怎麼會覺得別人不會痛呀？超想把他抓來痛揍幾下的。

　　「Dream得學習到，我們只是朋友而已，因此也要有所謂朋友的距離。」

　　「知道了啦。」

　　「可以放下心了，不要再覺得痛了，Chayin！」說完那句話後，Yuk更是收緊了懷抱到讓我差點呼吸困難，帥臉上的那雙眼睛盯著我看，然後調皮的鼻子跟嘴脣開始掃過了我臉上的起伏，那是他示愛的方式，而我不曾拒絕過。

　　十分深入的吻、熟悉的清爽呼吸，及總是帶給我溫暖的厚實臂彎，我逐漸熟悉並開始一丁一點地上了癮。

　　直到我們兩個退開來，他好看的脣仍不停地親吻著我身上的其他部位，直到我在他懷裡虛軟無力。

　　「我喜歡你。」我們每天晚上都會這樣做，用身體及言語示愛。

　　「我也一樣喜歡你。」

　　床頭燈被關上，我窩進他懷裡的同時，也閉上了眼睛，如果沒有湊巧碰觸到某個起了變化的東西，我大概就會像每天晚上一樣進入夢鄉。

　　明顯可以感覺到他硬挺的重要部位抵著我的腳，當我一移動身體，對方好像就知道了，於是立刻退開，轉過身去，同時用略帶沙啞的低音說：

　　「Chayin，晚安。」

「Yuk，你怎麼了嗎？」我在黑暗中看著他寬廣的後背，他仍不願意移動，只是回答：

「沒事。」

「有什麼事可以跟我說，你有沒有覺得哪裡不舒服？」

「沒什麼，你睡吧。」

「可以轉過來看我嗎？」一試著伸手碰觸他厚實的肩膀，就發現他有點輕微地顫抖，讓我感到心驚。

不知道他得要忍耐這種感覺多久了，每晚我們親吻，然後相擁而眠，我就睡得不省人事了，但同時他卻每晚都在咬牙撐著。

「Chayin 你先睡，我等下回來。」他作勢要下床，但被我拉住。

「要去哪？」

「去廁所一下，你先睡吧。」

「要我幫忙嗎？我……可以讓你好過一點。」

「沒關係，沒關係，不然你會痛。」他的答案讓我覺得心疼。

「Yuk……」

「不去也行，但你好好躺著讓我抱就夠了。」

「這樣你不會好。」

「會好，我每晚都……做得到。」

「我可以用手幫你喔。」

「小孩可以睡了，幹嘛亂想一些有的沒的。」最後，我被摟在厚實的懷抱裡，單邊臉靠在他的胸口，感覺到對方快速的心跳及短促的呼吸。

在一起以來，我們不曾有過更深入的關係，那也是我一直懸在

心上的問題，為什麼會變成那樣，雖然他明明都有感覺，卻還是沉默地掩飾著、忍耐著，一直到感覺好不容易退去。

「你不需要勉強自己。」我含糊地說。

「你會痛。」

「……」

「你那天很痛，那我又何必要自私地去跟你要求什麼？」

「不會，我願意。」

「小孩，等到你真的準備好的那天，讓慢慢讓事情發生吧。」還來不及反應，嘴唇就被突襲了，沒多久就很快地退開，留下感覺得到的淡淡溫熱。

「如果你先講……我……我就準備好了。」

「我知道。小孩，晚安，可以睡了。」

「嗯……」

一直以為他太少在意我了，但現在才理解，Yuk真的很擔心我。

第十六章 |

Musician . Solitude . Novelist

「在不開心什麼？」

「寫《No Name》的那個人沒有繼續更新。」

「那有需要一臉煩躁就是了？」

「劇情正要進入高潮，你不懂啦！」我抱怨個不停，手上滑著手機螢幕、想去確認更新的進度，最終還是發現那個寫的人沒有再更新過。

「我也是寫小說的人，怎麼會不懂，但你可以先把飯吃完再做其他事情嗎？」你是我爸嗎？這麼愛唸！但如果問我敢挑戰他嗎？我非常自信地說……不敢！

放下手機，然後舀飯放入嘴巴，這個我專業，這樣就不用浪費時間爭論。每次想起吵架的時候，心都會很痛，因為渡過那每一天並不容易，因此為了讓生活更美好，要願意屈服一點，唉！

「今天一起去外面工作嗎？」面前的人問。

「啊……不要好了，剛好歌寫完了，想去錄音室錄音。」

「你沒說過歌寫完了。」

「現在說了咩！」

「那我等下送你去。」

「我可以坐捷運去。」

「等下我送你去。」

「會不會太麻煩你？」

「等下我送你！」就這樣，爭論不了就必須退讓。

我們一起吃完早餐之後，Yuk洗碗、我擦桌子。再晚一點，Yuk將筆電塞進包包，然後就帶我出門、把我送到唱片公司，至於他自己照例就獨自躲到某個咖啡廳裡工作。

「什麼風把你吹來的？其實工作用電子郵件寄就可以了，這樣你也不會太累。」從初出茅廬就固定合作的製作人Game哥跟我打聲招呼，我對他笑笑、放下包包，然後略帶可愛地開口詢問，希望他會懂我的意思。

「就想要來借一下錄音室啊。」

「錄音室？等一下，你準備要走歌手的路了嗎？太好了，你很好做，你這張臉不用多久就紅了，滿滿的粉絲讓你第一年絕對就買車買房！」

呃……才說了一點，他就發展成大長篇了。

「我沒有想當歌手，只是拿Demo來給你聽，然後想把聲音錄好一點。」

「嗷！什麼意思？我完全不明白。」

「就我沒有想把這首歌賣給公司啦。」

「死小孩！你要拿去賣給別的公司喔？」

「不是啦，就……我寫給一個人的，所以想要當作禮物啦。」

「喔～get到了！那你拿Demo給我聽看看，想知道它長怎樣。」

178

我將粗略錄好音的CD片遞給他，Game哥拿過去安靜地打開來聽，然後抬起頭來看著我，樣子有一點奇怪。

「Chayin，這超好聽的！我覺得這首歌一定會紅，賣給公司吧！我發誓高層一定會要的！說不定還會得到比平常更好的報酬。」他說得眼睛閃閃發亮，但我的心呢，卻開始漸漸委靡。

我就是個心意不堅的人嘛，一被人慫恿，心就開始游移，尤其是拿錢來釣我就更不用說了，平常絕對是立刻用上百倍的速度答應，但這次不一樣……

「我想過了，不賣。」

「好啦，你就賣嘛！然後還是可以送給你那個特別的人當禮物啊。」

「我不想要賺這個錢。」最近是有點生活艱苦，但我相信未來的自己可以再寫出成千上百首的歌來賺錢溫飽，但這首歌卻無法再寫出第二次或第三次了，就算再認真寫一首新歌也還是無法取代它。

比較取決於那當下的感覺。

「很固執耶，你平常不是這樣的人。我問你，歌是寫給誰的？」Game哥好奇地問，而我也沒有要隱藏什麼祕密，所以就直接說：

「寫給情人的。」

「啊！是讓你心碎到逃離工作的那個人吧？還是有新對象？」

「沒有，是同一個人。剛好有點誤會，所以把事情鬧大了。」

「你的情人大概會很開心吧！好啦，反正不想賣也是你的事。」他從工作的椅子上起身，走去拿錄音室的鑰匙，然後隨性地拋給我。「快去錄吧！」

「我需要付多少錄音室的錢呀？」

「神經喔！這個不收錢，就當作是我送你們兩個的禮金好了。」

「哇嗚！人真好！」

「覺得我人好的話，就把歌賣給公司吧！」

「呃！」我不該這樣說的！我沒有轉身往後看，只是埋著頭往前走，沒想到卻先被叫住了。

「Chayin！」

「呃……是？」坦白說超怕被盧到覺得困擾。

「我想要你把這首歌上傳到 YouTube，這樣至少大家也可以聽見我聽到的東西，這不是營利，只是好的歌應該其他人聽一下。」

「我會回去想一想。」

我花了一整天時間錄音，從彈吉他開始，之後一遍又一遍唱著同一個旋律，直到自己終於滿意。最後，《未曾遺忘》這首歌才總算完成了。

沒有音樂錄影帶，沒有下廣告或做任何推廣，只有我跟吉他的聲音，想傳達給某個人聽而已，浪漫吧？我這輩子可沒有為誰做過這種事呢！

Satawat 先生應該要為我而驕傲！

傍晚的時候，大個子來大樓前面接我。我謝過 Game 哥上百次了，但他還是找理由要送我上車，意圖藉此看清楚開車的司機長什麼樣子。

「唉呦！唉呦！跟作家先生有一腿，幹嘛不跟我說！」該死，

居然也認識 Yuk！要死了！

「哥就別鬧了，我先回去囉！」

「唉呦！害羞囉？」

「吼！不跟你吵了，走了！」說完就飛快地揮揮手，然後坐進車裡，車裡仍舊是原本熟悉的氣味，那張帥臉轉過來看了一下，他遞給我一個點心袋，然後用心地說：

「吃吧！看起來一整天都沒吃東西。」

「你怎麼知道？」這人一定是待在可以看到我的方位。

「看你的眼神就知道了！都不會照顧自己。」

「你回家做好吃的東西給我吃啦！」我用撒嬌的聲音說。

「小孩真的就是小孩！但回家前，我要先順便去一個地方。」

「去哪啊？」

「等下你就知道了。」

然後，我就在兩個人一起走進二手書店時得到了答案。這是一間除了年事已高的老闆外，沒有其他人的老店，滿坑滿谷的書堆疊到了天花板，我忍不住為眼前的景象感到驚嘆，因為鮮少踏入這樣的二手書店。

「你想要什麼？」我問了問題。

「書。」

沒錯啦，不然你是要來書店買涼拌碎豬肉回去吃嗎？

「什麼書？」

「村上春樹的。」讓我不得不停下腳步，抓住面前的人的手，讓他不得不回過頭來看我。

「我們家裡有了。」

「還沒有他的第一本書《聽風的歌》，而這也是你今年的最後一本書。」溫柔的低沉嗓音講著，將許久沒有感受過的滿足感再次帶回來給我。

其實我幾乎忘記了還缺少最後一本村上春樹的書，從那天我涎著臉、無恥地去他家門口求他卻遭到拒絕算起，我沒有再想起過它，直到今天……

「其實它很難找的話，你也不用這麼累、一定要找來給我。」

他沿著滿坑滿谷的書堆走，伸出手去摸那些書脊，同時慢慢地回應：

「每次去你家找你，我都會先去找一本想要的書收好，也曾經想過，你會喜歡嗎？不過，如果有幾次是我們可以一起來挑，應該也滿不錯的。」

「我喜歡每一本你給的書。」

「即使有幾本還沒看完？」混著笑意的話，促使我搔了搔頭。

「看完就會喜歡了吧！」

對方抓著我的手腕，讓我跟著他穿梭在近千個書櫃中，他看似知道誰的作品放在哪個角落，然後他拉出了一本書，書的封面是黑色的抽象畫。

上面寫著「Hear the Wind Sing：Haruki Murakami」。

「小孩，找到了！它是你的了。」他雙手遞給我，我拿著它，然後左彎右拐地走出書的層架，而我們的手仍牽在一起。

「為什麼你要選擇村上春樹的作品給我？」有次我們曾經聊了

很久，也許是因為寂寞讓我們愛上了某個人的作品。

「其實你或許清楚答案。」

「我只是想聽你的想法而已。」

「他的作品很奇怪，用這個字應該沒錯，但那也是他與眾不同的特色。故事的主角大多很寂寞，不寂寞也很孤單，是一個身處在紛亂世界的平凡人，至於每個故事的女主角也沒有誰是完美的，都各有缺陷。說真的，很像你。」

「當然囉，我離那個字太遠了，而且還很窮。」

「但在世界上所有人的不完美裡，我最喜歡你。」

「……」

「相遇的那一天，我們曾經各自習慣了寂寞，所以兩個人都不像其他人一樣，想逃離寂寞。你有你自己的世界，我也是，但那一天，你讓我想逃離原本的世界，如此而已。」

「這是示愛吧？」為什麼感覺這句話比他解釋理由還要甜蜜許多？

「如果這叫示愛，那你應該難以計算了，因為我對你講過很多了。」

「……」

「臉紅了。」

「沒有。」

「餓了沒？回去吃飯吧！」

書被放到半新不舊的白色櫃檯上，兩張百銖紙鈔被放在桌上。然後我們坐回車上，我緊緊地抱著從他那裡收到的最後一本書。

在車駛出的同時，我默背著他說的話，直到將它們刻進心裡。

因為他……我才拋下了所有恐懼，為了在他的世界裡生活而奔出自己的世界，無論快樂還是難過，現在的我已經跟新的世界建立起了牽絆……

牽絆到不想要再一次回到原本的世界了……

今天的第一件好消息是，我在一天內把寫好的歌錄完了。

第二件好消息是，Yuk帶我去書店買了最後一本還未擁有的村上春樹。

而，第三件好消息是……《No Name》的作者「No Name」在消失很久很久，久到令人不悅之後，終於又回來更新了。

誰說25歲是太歲年的？在經歷了所有衰事之後，我現在看見了幸運。

「在笑什麼？」大個子問出聲來，他站在床尾，一邊的手還拿著毛巾，努力地來回擦著自己的頭，在此同時，我已經穿著睡衣，準備好隨時睡去，如果不是那位作家先冒出來的話。

「No Name回來更新了！剛剛才看到，一個小時前更新的。」

「這需要那麼認真喔？」

「我正在追嘛！看他說，再沒幾章就要完結了，好難過喔！」

「推薦你新的小說《小兔子 Lovely Bunny》，大概看了一下，你穿女僕裝，超令人憐愛的！」

「可惡……」

硬要在我心情正好的時候來惹人生氣！我不喜歡自己變成那些

害羞的模樣，不管是懷孕、變成高麗菜精、穿女僕裝，還是火辣的性奴。此外，我心裡也很害怕別人受那些形象的影響而不再去聽我寫的歌。

「OK，不鬧了，你去快樂看小說吧！」

「Yuk，來這裡！」他困惑地轉過來看我。「我幫你擦頭髮，不然你等下會不舒服。」

「真好，你覺得我比正等著要看的小說重要。」

好想撇嘴給他看！想像中的角色要怎麼跟本尊比？就算本尊白目得要死也一樣。

「這篇《No Name》很好看嗎？」高大的身軀爬上床，我伸手拿過白色的毛巾，開始輕輕地幫對方擦頭髮，然後一邊回答：

「好看啊，很酷！還沒有性愛的場面。」

「說給我聽吧！」

「等完結之後再講給你聽。」

「那如果他沒有來更新到完結呢？」

「你不准說！等下就成真了啦！」越說越怕。「YukYin那個tag裡面的人都很沉迷，如果寫的人消失了，保證大家會為了去他家門口放炸彈而肉搜他。」

「希望他會來更完文章就好了。」

「Yuk……」

「嗯？」

「今晚……今晚覺得不好的話，要跟我說喔。」有件事在我腦子裡繞了好幾天了，還是無法將它拋開，我絞盡腦汁想到差點要把腳

放到額頭上了。有些深夜或者早晨，看到他很受罪的時候，我也跟著不好過。

　　這個該死的變態，只是看著我的臉，他就說他有感覺了，媽的！神經病！

　　而且我們每天晚上都過得手忙腳亂，要不是他躲去廁所，就是緊緊地抱著我，直到睡著，我沒有幫過他任何一次，大概是因為那傢伙只想著拒絕、不願動手，所以事情只能那樣結束。

　　「什麼意思？」他抬頭問，不久就裝模作樣地躺到我的大腿上。

　　「就是……我……我的手很厲害！」

　　「你怎麼知道你很厲害？」

　　「不知道啦，或許可以讓你舒服一點。」

　　「只要能躺著、抱著你，就很好了。」

　　這樣不是會比原先更起來一點喔？

　　「那時候我們讓它發生，也不是只有糟糕的感覺啦。我……我其實沒有那麼痛，然後就是，事實上也有舒服到。」一講出如此失控句子的當下，我的臉立刻就燒燙了起來，或許是因為兩個人在一起吧，所以才敢把所有的勇氣都用上。

　　「小孩，你還需要時間。」

　　「我不懂。」

　　「沒錯，是我們合意讓事情發生的，但那時你的感受並不好，而且我是佔到便宜的人，所以我希望我們的性是發生在愛和你準備好的狀態下，不想讓你再像那天一樣，感到勉強及受傷。」

　　「我沒事。」

「保證你會沒事，但今天，我可以在你腿上躺一個小時嗎？」

「嗯。」

「你可以繼續看小說。」他又說。

「可以喔？我怕手機會掉在你鼻樑上，上次都瘀青了。」

「你看吧！如果再掉，我再罵你。」

　　總是這樣，上次被Ryu打的傷才好，被我弄的新傷口又陸續加了上去。

　　說到Ryu……最近我沒什麼見到他，聽說課業很重、病人很多，但其實或許是不用見到面的藉口。我對他仍保持著朋友的關係，留出適當的距離，但不會消失，如果能繼續維持這樣，那應該也不錯。

　　但最近大概還在調適期，我想再過一陣子，一切或許會好轉。

　　雖然他努力在躲我，但Yuk跟Ryu卻意外地把話講開了，而且還是遵照著男子漢大丈夫的天性完美收場，只是為什麼剩我一個人沒有把話講開啊？

　　「喂，明天我可以回家一趟嗎？」已經一週沒有回家了，就算我很清楚那裡沒什麼值錢的東西，但還是擔心會有小偷闖進去。

　　「可以，我送你去，晚上再回來睡這，或者要換我去睡那邊也可以啊。」

　　哼哼，沒有讓我獨處的選項就是了！

　　「如果你沒有懶得收東西的話，去睡我那邊也可以。」

　　「OK，那就這樣，不過白天的時候，我要去辦公室一下，有事要跟編輯聊聊。」

「我也一樣有事情要處理。」

早上的時候，Yuk仍舊做了飯，善盡了一家之主的義務，至於我在每天早上接到的重責大任往往是——將牛奶倒進杯子裡——想到就想哭，你就把我看這麼扁是嗎？

他開車送我到公寓後，就離開去工作了，而我則急沖沖地上了樓，十分迅速地打開電腦，將電腦裡錄音完成的檔案上傳。

在寫《未曾遺忘》這首歌時，我就花了很久的時間去思考，何時要將這首歌獻給對方，再加上又被製作人Game哥慫恿，要將這首歌上傳YouTube，我就對這件事加倍頭痛。

所以我昨晚翻來覆去地想了好久之後，最終決定要將歌曲上傳給大家聽，然後再將歌曲的連結丟給Satawat少爺，讓他去聽了之後，流下感動的淚水，但我也不知道他會不會感動啦，說不定是一臉平靜地結束。

因為是窮苦的獨立接案者住家，網路被切斷了，很爛的無線網路就成為了生活的中心，因此上傳一首歌就花了近五個小時的時間，雖然它根本沒有影像或是任何占空間的檔案也一樣。我使用「ChayinOfficial」這個帳號作為傳播的平台。

從創設及使用這個帳號開始，我就沒什麼認真在上傳歌曲，或許是因為我大多數的歌都是替別人寫的，所以上面一首歌也沒有，因此相較於粉絲專頁，這裡追蹤的人數並不多。

我盯著底下的影片說明好久好久。

ChayinOfficial

Song：未曾遺忘

Artist：Chayin

To：讓我的世界不再寂寞下去的那個人（０８３２／６７６）

　　在歌曲公開後的二十分鐘過去，我沒有下廣告或者將連結分享到粉專上，讓人點近來聽，因為我希望在某個人打開前，點進來聽的人越少越好。

　　但計畫有了一點變數，那就是訂閱我頻道的人自己自己將歌分享出去，再次回過神的時候，點閱人數已經破千了，而且留言仍瘋狂地湧進來。

　　「好好聽！」

　　「爆讚！感覺很久沒聽到這麼動人的歌了！」

　　「是不是寫《你曾有過的愛》的Chayin哥？真不想相信，哥寫情歌居然也這麼感人！」

　　「The new Chayin!!」

　　「有人曾說我們無法選擇愛我們的人，就算最後我們能不能在一起都好。」

　　「旋律好美，聽了很投入。」

　　「A Little Bliss要失寵了，遇到了對手。」

　　而且還有許多的留言一秒接著一秒地跳出來，我笑到臉頰都快

裂開了，完全忘記要將檔案分享給誰，此外我現在回留言回到整個人都要飄起來了。

還是我真的想錯了，應該要將歌曲賣給公司啊？

不行！如果Yuk知道我這樣想，我一定會被打死的。

我大部分回覆的內容都是「非常感謝」或者「很開心你喜歡」這一類的，如果有比較喜歡的留言，就會再按個愛心，一直到YouTube的系統開始慢慢地將最多人按愛心的留言推到最上面。

兩個小時之後，最熱門的留言變成是A Little Bliss進來表示恭喜的留言：

「Chayin，寫一些這樣的歌給我們團吧！世界好聽！

PS：偷偷嫉妒某個人呀！他聽過了沒？」

我短短地回覆：

「還沒，他也許還在工作。」

頭五個小時的點閱數超過萬人，超乎我的預期太多了，本來以為只有一兩百個人不小心點進來聽，但分享及消息傳播的速度實在快太多了。

沉浸在電腦螢幕前太久，我的胃開始發出聲響。我讓眼睛休息了一下，走去冰箱找一點簡單的東西，配著仍持續跳出來的留言食用，直到一個人的留言出現在我的面前。

這就是心臟因幸福而跳動的樣子！

我盯了好久，揉了好幾次眼睛去確定自己看到的一字一句並不

是個夢。

0832/676

自從有了你，我也一樣沒有寂寞過。

是不甜蜜也不浪漫的簡短留言，但感覺得到他的簡單與真誠，是我一而再、再而三愛上的同一個人──Satawat。

無論時間經過了多久，我在他的記憶中，「未曾遺忘」。

時間過了一個月，寫《No Name》的那個人消失得無影無蹤，不願意更新講述角色結局的最後一章，將懸疑留給了讀者。

至於我的作品，現在已經有超過千萬的人次點進YouTube聽這首歌了，最多人按愛心及評論的留言就是0832/676先生的那則，時不時跳出來的通知都快把我搞瘋了。

仍有些公司試圖聯絡我想買這首歌到我不得不禮貌地拒絕。

告訴你，錢是買不動我的！……如果不夠多的話。如果下一家公司開價高一點，我說不定就賣了。

哈，開玩笑的啦！

最高潮是，《未曾遺忘》已經在Fat Radio的排行榜上蟬連兩週的榜首了，完全超乎我的預期，它原本只是一首專為最愛的人所寫的歌，而且最主要的話題點還是落在「我為誰寫這首歌」的上頭。

到粉專來詢問的每個留言都是簡短又重複的問題，讓我懶得回

答。事實上，不是我想擺姿態喔，是我答應過Yuk，想讓生活過得簡單一點，不用讓大家知道太多我們本人的事情，而我的看法也一樣，因為名聲不會讓我們長久相愛下去。

鈴～

最近來電多到電話都要燒了，大多都是來自曾經一起工作的製作人及前輩們，Chayin我最近可是一塊香噴噴的肉，誰都想要，於是我就接了滿檔的工作，因為錢包已經乾癟好幾個月了。

但這次不像以往一樣是跟工作有關，螢幕上顯示的名字是在地球另一端的好友：大怪胎──是Chayin的鳥神！

「怎樣？」

『最近紅到忘記朋友了吼！』看他說這什麼話，據說我們三天前才剛聊過天。

「那麼不想被遺忘的話，你是要我做看板貼在門上嗎？」我話中帶刺地酸他，接著聽見瘋狂大笑的聲音回答：

『有老公之後很會酸人嘛！』

「你坐飛機回來！我現在就要去蘇瓦納蓬機場揍你！」

『嘰～想我就說，想要我回去是吧？』除了八卦以外，還很自戀！

「你爽就好。所以打來到底有什麼事？還是只是沒事找事做？」

『就上星期跟你說的那個啊！我把更新版的MSN程式寄給你了，你收到了沒有？』我轉頭看著床上堆積如山的包裹，一邊嘆了一口氣。

「我想應該有啦，只是最近我沒有一個一個拿來確認而已。」

『有那麼紅就是了？』

「日子過得好啊。」

　　自從《未曾遺忘》成為熱門話題，我就收到非常多歌迷寄來的包裹，大多都是成對的，像是情侶衣、免費的烤肉招待券，就連情趣用品都他媽的有人寄來！我真的很想問，他們是以為我會用嗎？喵的！

『忘了說一件事，這個程式一旦安裝之後，只能用二十四小時而已。』

「怎麼這麼短？這就是你的更新版喔？」

『對啦，就特別為了你用的吼！然後，你現在人在哪裡？』電話那頭反問。

「家裡。」

『誰家？』

「我自己家。」

『嗷！那 Yuk 呢？沒跟你在一起喔？真奇怪。』Bird 用「奇怪」這個詞倒是沒錯，平常快午夜的這個時間，我們都會待在一起的，但今天卻不一樣，原因是 Yuk 這幾年來第一次要求要去睡在辦公室，聽說是印刷廠在趕工，所以得去顧著。

　　因此，我隨口答應了以後，就回來自己家睡了。

「Yuk 不在，工作在忙。」

『哦！我想是吵架了！來開香檳慶祝！』

「立刻給我掌嘴，今年幾歲就打幾下！」

『幹嘛那麼害怕！哈哈，你很迷戀他吼！』

「他才迷戀我吧！呿……」哪天不抱我、不親我、不像瘋狗一樣啃我的脖子，他大概會睡不著。不知道今天他怎麼樣了，一樣暗自擔心著他會睡不好。

『好啦，不跟你鬥嘴了，我老婆叫我去吃午餐了。總之，別忘了把我的程式翻出來用，保證你一定會喜歡這次的更新版。』

「嗯嗯，吃飽一點。」

『你也晚安啦，之後再聊。』

對我跟 Bird 來說，時間與距離並不是阻礙，我們固定都是這樣聊天的，然後今天一掛電話，我就有個偉大的任務是在床上幾十個包裹中，找出來自美國的那一個。

當然，在不到五分鐘的抓來扒去之後，就找到了。

箱子裡沒有太多的東西，只有一片裝在圓盒裡的光碟片及寫在便利貼上的短短留言。

「To⋯Ma best friend, Chayin」

我把那張黃色的紙拿起來貼在床頭，接著將光碟片拿出來放進電腦主機裡，然後螢幕上出現了熟悉的訊息，讓我再次回到過去。

「Welcome back to Windows Live Messenger」

這次的更新版沒有改變很多，只有能變換背景顏色，及《Will You Marry Me?》這首歌會自動播放而已。

你搞什麼鬼啊？？？這是要我拿來跟誰用？給我說！

我所有的聯絡人現在都離線了，也對啦⋯⋯沒有人在玩MSN了，重點是我也不知道Bird把這次的程式又送給了哪些人。

但既然都打開了，就忍不住開始看起了過去的聊天紀錄，每條看到的訊息都帶我再次回到記憶中。從國中開始，一下課後就必須跑回家打開電腦、確認好友在不在線，但明明我們才分開不到一個小時。

那個我在追女孩子及交了第一個女朋友的時光。我已經不太記得Momay的臉了，但還清楚記得失戀時的感覺，她跟我分手是因為要去跟DA'VANCE之月交往，哈哈。

等一下！

似曾相識，好像有什麼不尋常的事情⋯⋯

我花了一些時間重看了與前女友的對話，就那樣掃視了幾次，然後點進一個離線中的帳號⋯⋯

0832/676

大熊⋯⋯

兩個不認識的人不太可能會有對方的email，這表示說我一定是從誰的手上拿到他的聯絡方式，就為了調查誰是我跟Momay之間的第三者，一定是這樣！

假設這是真的，那我該有什麼反應？過去的前女友跟我的現任男友曾經交往過？

我都要哭了！！！希望不是真的！

DA'VANCE之月有好幾屆，有是別人的可能性！吸氣、吐

氣……Chayin冷靜一下！

我坐在電腦螢幕前面安撫自己。

好久好久都沒有什麼動靜，於是我就跑去找食物當消夜，藉此填飽肚子，接著去洗了個清爽的澡之後，再次回到開著MSN的螢幕前面，有個使用者的狀態正掛著「使用中」。

Mr.galaxy676@hotmail.com

我立刻笑了出來，在又一次看見這個電子信箱的時候。距離我們還沒說完的那次對話已經過了好久，那時在看到他的告白之後，程式就到期了，而這次只有二十四小時的使用期限，但我很開心，他是其中一個能回來上線的人。

0832／676、大熊、Callisto、Satawat……

無論叫什麼名字，我還是只愛上他、愛上同一個人的本質。

Chayin says：不是說要工作？為什麼可以上MSN？

雙手敲著招呼的訊息，然後在他很快地回覆時笑了出來。

0832／676 says：Bird叫我上線
Chayin says：然後你就信他？
0832／676 says：這次你也信了，還罵我喔？

大哥你欠揍嗎？要是現在待在一起，我就要把他踹下椅子。

Chayin says：大熊，問你一些問題。為什麼我的MSN裡會有你的聯絡方式啊？

０８３２／６７６ says：誰知道

Chayin says：那我繼續問，你說過中學交過一個女朋友她叫什麼名字？

０８３２／６７６ says：問這個幹嘛？

Chayin says：問了你就回答！

０８３２／６７６ says：叫Momay

該死！！！！！

Chayin says：那是我女朋友！你搶我女友！

０８３２／６７６ says：等等，Chayin你冷靜一下！

Chayin says：你是從我這裡搶走Momay的那個DA＇VANCE之月！你害我失戀！

我一定是這樣才會有你的email，因為要調查是誰搶走Momay

大熊！你這個爛人！立刻給我滾回來，我要親手打死你！

　　海量的訊息不斷地被鍵入，直到鍵盤都要壞了，當初的感覺不斷蜂擁而上，不是因為生氣或者難過，反而是因為過於震驚而失去理智。

　　相反的，對方卻安靜了很久，任我大吵大鬧到滿意了，他才回

覆了訊息。

> 0 8 3 2 / 6 7 6 says：小孩，累了沒有？
>
> Chayin says：還想罵、想罵很多很多！你害我生病，因為只顧著哭而淋了雨
>
> 我媽很用力地打我也是因為你！
>
> 0 8 3 2 / 6 7 6 says：我不知道我害你傷心了，對不起
>
> Chayin says：不用來當好人，生氣啦！生氣！！
>
> 0 8 3 2 / 6 7 6 says：換個角度看，這也是好事，不是嗎？
>
> 你曾經為了愛情受傷，而我也一樣曾經失望
>
> 我們歷經了許多事情才好不容易相愛，其實你應該要謝謝那些過去

　　我斜靠在椅背上，盯著對方不久前才回覆的一長串文字。

　　心裡一點一點地平靜了，隨著他的思考，我的腦海裡開始想起了種種事情。一想到小時候就忍不住想笑，那時候的我談戀愛只是因為羨慕其他人，所以也想跟著談戀愛，所以產生的只是膚淺的愛情。

　　就算再怎麼大哭、難過及痛苦，現在回去看，也不過是些不需要在意的小事，現在我長大了，不是往日的 Chayin 了，可以在不被環境或其他因素影響之下，因為自己真的想要開始才跟某個人開啟一段戀情。

　　除了從過往學習外，我不該跟過去的事情生氣的，現在反而才

是重要的。

Chayin says：OK，是我傻到去罵你
0 8 3 2 / 6 7 6 says：你平常就傻了，小孩

可惡！

Chayin says：現在立刻給我滾出印刷廠，我準備好木條在家
等你！
0 8 3 2 / 6 7 6 says：(Θ ε Θ;)

欠踹喔！

那之後我又跟他傳了好一陣子的訊息，沒想到接下來會看見來自白目Bird隨光碟附贈的驚喜。

新的視窗一打開，是十來部來自Pornhub的Gay片，嚇得我差點從椅子上摔下來，但更令人生氣的是，那頭死大熊居然打開後把連結傳來給我看！

我發了將近一個小時脾氣，打去將該死的Bird大罵了一頓，罵到他得把手機遞給他老婆幫忙說話才讓事情結束。我這次從MSN光碟得到的唯一好處，大概只有在明天程式到期之前，將所有過去掛在心上的事情做個了結。

疑問沒有了、懷疑沒有了，就連那一天的告白也一清二楚了。

我關上電腦、跳上床，然後帶著想念不在這裡的那個人的心

情，抱著棉被入睡，但也就只有想一點點而已啦，我真的沒辦法抵抗睡意。

誰會想到，在我睡醒之後，我會看到大個子竟然已經做好早餐在等了。

「什麼時候來的？」立刻懷疑了起來，Yuk 看起來還穿著昨天見到的那套衣服，猜得出來他除了沒睡覺外，可能連澡都沒有洗。

「大概是你睡醒前一個小時。」

「還沒睡，對嗎？等下吃完飯之後，再去洗澡睡覺吧。」

「那我們先去洗澡好了，然後出來再慢慢吃飯。」我點頭同意，卻沒想到他所謂的「洗澡」是指「我們一起洗澡」！神經喔！

媽的，出去浪了這麼久，回來又更變態了！

等著拖著軟弱無力的身軀出來吃飯時，我已經因為泡水泡太久而全身皺巴巴的了，不知道是在搓什麼鬼，因此，坐回飯桌之後，我就一直臭臉不說話。

「吃飯，這樣擺臭臉一點都不可愛。」他一邊說一邊把飯放進自己的嘴巴。

「誰要可愛啊！」

「我又沒有對你做什麼，只是幫你洗澡而已。」

「下次不用了！」

我們距離最深入的關係是還有段距離沒錯，但全身的肌膚上下卻一點也不剩了，沒有哪裡不是紅通通的，如果被 Top 看到了，大概又要被笑上一整天。

「還是你要我做別的？」

「你又不會做。」我很自信地說了出口。

「說不定到了我敢做些什麼的時候了喔。」

「是喔。」

隨便聽聽啦，不關心他是指什麼，因為傻到難以理解。我們各自安靜地吃飯，然後大個子問了一個超乎預期的問題：

「你還在等那篇小說完結嗎？」

「指哪一篇？」

「你唯一會看的那篇。」

「嗯，他不來更新，然後我想，他大概也不會來更了。」

一本書被放在桌面上，然後大手將它推到我的面前，原本平靜的心臟開始劇烈跳動，只能來回地看著那張帥氣的臉龐跟書名寫著《No Name》的書。

「你……」

「想讓你比任何人都先看到最後一章。」

「你寫的喔？」

這次大個子不回答，只是改變了話題。

「讀讀看吧，你還沒看過的故事結尾。」他今天穿著長袖上衣，所以沒注意到有什麼變化，直到對方伸出手的那一刻，我才看到他之前刺的那個條碼，現在有了數字及字母在上面。

是AC118。

跟那個獎金獵人的代號一樣，而那是我在小說裡的角色。

「Yuk！」

「先讀看看。」我感覺自己好像哭了，雖然眼眶滿是淚水，看得

不是很清楚，但我還是將書翻到了最後一章，而大手伸過來幫我擦掉眼淚，同時溫柔地哄著：

「小孩怎麼那麼愛哭。」

「我沒有。」

撰寫《No Name》的那個 No Name，其實不是哪個遠方的人，而是每天晚上倒在床上說晚安的人。他藏著這個故事不說，等到我知道真相時，小說也進展到最終章了。

《No Name》講述的是兩個男人在因緣際會之下，在牢裡認識的故事。故事發生在一個人口過剩的反烏托邦世界，政府當局為了處置罪人而設立了一個秘密組織，裡頭有獎金獵人做著地下工作、與政府合作完成任務。

人民從來不知道有這種邪惡的事情發生，但每天都有幾千個曾經犯下重罪的人死掉，而我是其中一個讓那些事發生的人。

AC118 是用來稱呼我的代號，因為組織裡有著彼此不深交的鐵律，我們不知道彼此的資訊，就算是本名也一樣，用來代稱的是一組刺在後頸的代號，隨時可以被看見。

我這輩子殺過成千上百的罪人，但有一天意外地誤殺了無辜的人，所以被組織驅逐並關進了地下監獄，那裡不受法律規範，充滿了野蠻。我懷著獲釋後能出去補償自身錯誤的期待，過著每一天的日子，但命運不曾憐憫過我。

有天得知了一條不曾在獎金獵人間公開的鐵律，那就是如果犯了錯，我們會得到十分殘酷的懲罰——會被消除記憶，然後被送到

紅色區域，成為一個礦區工人直到死去。

　　其實那也沒什麼好怕的，只是被消除記憶而已。

　　從出生到獲得AC118代碼的那天，我的人生不曾跟任何人有過牽絆。父母在我很小的時候就死了，也沒有家人，跟著游擊隊長居住及長大，直到自己長大進入組織、為政府執行秘密任務。我不曾擁有愛、冷血無情，不曾心軟或對誰溫柔過。

　　AC118不曾軟弱過，他的心很冷酷且孤單。

　　在十二月的第二十天，有個獎金獵人被送進了監獄。

　　他的後頸有代碼，但總是被衣服遮蓋著，遮到無法得知該如何稱呼他，於是我改稱呼他為「No Name」。

　　他穿著全黑的帽T，掛著同個顏色的口罩，然後在那瞬間就知道了自己的命運會是如何，而毫不反抗地俯首稱臣，但沒想到最後No Name會帶著我逃走。

　　這就是那十九章我在網路上看過的故事內容。雖然兩人的存在不過螻蟻，但他們仍想改變世界。那段的時間裡，AC118與No Name的每一天都過得很辛苦，總是東躲西藏，吃不飽、睡不好，但幸福感卻每一天都在增長。

　　從牽絆而生的幸福感。

　　當一個人走進來，那個生命中不曾有過愛的人開始感覺自己有價值，No Name不是一個好人，但卻是最瞭解他的人。上個月更新的第十九章，我讀到最後一行時，他們兩個人決定要逃去天涯海角，因為政府派人來跟蹤他們，兩人正陷入了絕境。

　　我將書翻到了第二十章，從第一行開始認真地讀。

故事的氛圍仍然很緊張，No Name 的手臂被射傷了，但他仍在保護著我。我們躲進了懸崖邊的一輛廢棄舊車裡，黑色的衣服在逃避追殺的過程中被弄得破破爛爛，那個時候我終於能夠在沒有任何遮蔽的情況下，清楚地看見他的後頸。

沒有代碼或者任何刺青在上頭，他的皮膚乾乾淨淨的，連一點劃破的痕跡都沒有。

我非常困惑，不解地大聲問他，然後才知道真相—— No Name 不是獎金獵人，只是一個普通的男人，一個不說任何原因卻想幫助我的男人。

他只告訴我他想幫忙，即使知道結局會是什麼。

如果被抓到的話，我會被消除記憶，同時，No Name 會被殺掉，因為犯下帶罪人逃跑的大錯。我們會有不同的結局，但痛苦卻是一樣的。

在我讀到的最後一頁，各式各樣的感覺都倒了進來，痛苦、恐懼及懦弱，我讓自己整個人進到故事之中，如果這些事情真的發生了，那會變成怎樣？我會跟角色做一樣的決定嗎？

大量的文字流入了我的感官裡，我控制住那些情緒，認真地讀著每一個字。

就在生死關頭之際，離別來到了他們兩人的呼吸之前。

「外面都被政府的人包圍了，我們只有兩條路可以選。」那是 No Name 所說的話。

「我們的選項有什麼？」AC118 反問。

　　恐懼支配著心臟的跳動，幾乎無法在座椅上坐穩。他隨著銳利的眼神看向一邊的車門，如果打開的話，他們兩個人就會墜入萬丈深淵，那不是什麼太好的選項。

　　AC118知道第一個選項了，他搖頭，然後再次確認。

　　「第二個選項呢？」

　　身穿黑色衣服的男人露出了笑容，接著用沒有起伏的聲音說：「接受被他們抓走。」

　　「不行！」

　　「這是最好的出路了。118，你是聰明的人，就算被消除記憶，我也相信你能逃離礦區、有一個好的人生，因此必須要保住性命。」

　　「那你呢？」

　　「我選擇了，從一開始來遇見你的時候就選好了。」他為了靠近車門而些微移動了身體，而那個門就是打開後通往真正地獄的門。

　　「不，我不讓你走！No Name，一定會有方法的。」

　　「對我來說，死亡並不可怕。」

　　「我也一樣。」

　　「不一樣。」

　　「如果活著沒有記憶，那又有什麼不同？過去，我一生下來就過著機器一般的生活，總在執行著上頭的命令，沒有笑過，也不會去愛人。」他控訴著，眼淚一滴又一滴地不停流下來，乾裂的嘴唇同時還在繼續說：「這段時間，我能大笑、大哭，感覺得到快樂與悲傷，能成為一個真正人類該有的樣子。如果讓我忘掉一切，然後像過去一樣沒有知覺，真的是好事嗎？……不是的……」

而他現在必須做選擇，選擇向現在還能感知的一切道別，或者保有性命卻忘記所有的事情。

No Name 為了表達自己堅定不移的選擇而打開了車門，底下充滿了令人恐懼的景象，深谷與幽潭，讓兩人的身體如雛鳥一般地不斷顫抖。

「我該走了，你繼續待在這！」衣服上有黑色帽子的人強調著。

他出生到現在沒有恐懼過，就只有在要與摯愛訣別的這一刻最為恐懼。

「No Name！」AC118 大喊，在淚流滿面的狀態下，雙手抓住另一方的手臂，他奮力地從喉嚨擠出聲音，但最後卻用著嗚咽的聲音開口問：「你的名字叫什麼？」

正要往下墜的人被相對瘦弱許多的身體拉住，掛著血漬的汙穢臉龐露出了一抹笑容，他簡短的回答震撼了聽者的整顆心。

「我愛你。」

「No Name！可以把你的名字告訴我嗎？」

「我愛你。」

高大的身軀往底下墜落，他還是沒有得到任何答案，除了唯一的一句告白。

名字並不重要，重要的是仍然存在的感覺。

許多了淚珠掉到了紙張上。

我抬起來，看向正用著溫柔的眼神盯著我看的大個子。

「結……結束了嗎？」這次，Yuk 搖頭，然後再解釋清楚：

「你可以選擇結局，那是我還沒寫的最後一幕。」

「為什麼？」

「因為那取決於你的決定。」

我坐著不動，看著被淚水沾濕的紙張，同時思考著：No Name 離開了，而我只有兩個選擇，一個是讓他們把我的記憶消除後，成為一個普通人，第二個是⋯⋯

「Yuk！我選好這篇小說的結局了。」

「嗯⋯⋯」

「可以讓 AC118 跟隨他而去嗎？就算再遠，也跟隨。」

「為什麼那樣選擇？」

「我們活著不是為了每天呼吸而已，而是為了收集記憶及希望。我想 118 已經都明白了，所以⋯⋯夠了，讓他跟所愛的人在一起吧！」

「好，我會那樣寫結局。」

是個完美，也超級催淚的結局了。

就像是真實人生中，我選擇了將與他一起到生命的最後一秒。

不知道大個子什麼時候從對面的椅子站起來的，再次回過神時，我已經從背後被緊緊地抱著了。

溫熱的嘴脣輕吻著我的頸部，然後往臉的方向移動，他溫柔的低音在我耳邊低語、安慰著，直到我好不容易停止啜泣。他還是說著那句十分平凡的老話，但對聽的人來說，卻是無法用價值去衡量的一句話。

「我愛你。」

「……」

「愛你。」

「嗯，我也愛你。哪……哪裡都不要去喔！」

「不去哪了，我怎麼會丟下小孩呢。」

獨自一人生活了數年之久並不容易，對生活裡只有自己一個感到麻木，寂寞、迷惘，還很一成不變。

我想遠離這些感覺，但不確定時機何時會來，直到有一天某個人走了進來，然後完全改變了我原有的想法。

那天，我在一家咖啡廳遇見他。

他穿戴著黑色的口罩、衣服及褲子，風格像個殺手。我跟他聊天、近距離看見那張帥氣的臉龐，我有多久沒有那樣心動了？但就是那樣，我的回憶……

Yuk抱著我來坐在沙發上，溫暖的雙臂把我抱個滿懷，我們任由時間慢慢流逝，但不管多久仍不覺厭倦。

「你為什麼要刺AC118的名字？」我用嘟嚷的聲音問著，雖然在小說裡，那代表的是我。

「大概是我想把你刺在身上吧。」

「但我又不叫這個名字。」

「想知道它的原因嗎？」問題問完的那瞬間，我重重地點了頭，非常想知道。「PC 0832/676是銀河系裡最遠的一顆星，而因為它遠離地球，所以也離眾人很遠。」

「……」

「我喜歡孤獨，所以過去總是與地球上的人們保持相當的距

離，就像這個星一樣，但還是希望有一天可以遇見相似的星星——遙遠、孤獨，然後等待著我們之間一次繞行的相遇。」

　　我安靜地聽著，對於要聽見他內心話而感到興奮。

　　「至於 AC118 是地球上的人們能看見的最遠一顆恆星，它就像是我心中的愛情，很難找尋，也不確定一輩子能不能遇到，但真的很幸運，現在……我遇到了。」

　　「……」

　　「那就是你。」

　　「……」

　　「Chayin。」

　　「嗯？」討厭自己又再次哭了出來。

　　「我們……交往吧。」

　　「好，我要跟你交往。」

　　其實，我們交往很久了，只是沒有人先開口。但在這個兩顆孤星繞行相遇的時候，我們也用這句話再次與彼此打招呼——我們交往吧。

Lovely Bunny

#YukYinFiction

這篇小說是為了喜歡YukYinCouple這對CP的信徒而寫的，如果喜歡的話，請多多留言呦！讓我有繼續寫下去的動力！ By YukYinForever的有錢乾媽

「大家！考完試了，今晚盡情狂歡吧！」

「又要去酒吧喔？不想去耶，每次去都同樣的那幾張臉。」

「去你爸的同樣幾張臉！漂亮女生那麼多，還有大一美眉！」

「大一美眉最好能來酒吧啦！」

「你這就有所不知了！考完試之後，大二的小鬼們就會解除小大一們的所有規矩，保證今天晚上一定什麼妖魔鬼怪都放出來了！走啦！算我求你啦！」

「你怎麼說，我們怎麼做囉！那Yuk你呢？一起去嗎？」

名字的主人一臉淡定地轉了過來，但儘管如此，他還是對朋友們挑了兩下眉當作同意。

反正都考完了，誰不想釋放一下長久以來累積的壓力？越是身

為工學院的熱血青年，就越要展現男子氣概，因為他們是同屆裡最帥氣的大三團，尤其是⋯⋯

　　Satawat Amornwatana，這位先生是活力狂野的俊帥青年，擄獲少女們的心，任誰都想挽著他的手臂、炫耀給朋友看，因為他除了臉長得帥又十分有個性之外，他家的財力更是不容小覷。

　　「那就這麼決定囉？晚上九點，The Close 見！要穿得多帥都隨你便。」Pluem，同夥的其中一個朋友，在最後一科的考場鈴聲響起前，跟大夥報告了約定的時間做為上述話題的結尾。

　　誰會想到，到了約定的時間，意料之外的事情率先發生了⋯⋯

　　「靠！客滿了！」

　　「死 Mon，你為什麼不先打電話來訂位？」

　　「他媽的，誰會想到人會滿到店門口啊？另外，打電話訂位是我一個人的責任嗎？為什麼你們沒有想到啊？蛤？」五個工學院的男孩站在店門口吵嘴，偶爾也有曾經有過關係的女孩子來邀去一起坐，但有個重要的原因讓他們必須拒絕人家，那就是：他們想要靠自己找到新的獵物。

　　「大哥，不能加桌子嗎？」群裡的老大開口詢問店門口的工作人員，但還是得到了一個大家都知道的答案：

　　「沒辦法了。」

　　「那訂明天的位置也行。」

　　「現在的訂位已經滿到下輩子去了！你們去別家店好了。」

　　「其他店也滿了啊，大哥。」

　　「那就去旁邊喝奶茶吧！看起來剛開沒多久，你們應該會喜

歡。」比微積分被當還痛苦的事情，就是特意要來喝酒，但最後卻不得不去喝奶茶，唉～～～

Satawat那張帥臉轉過去看向上述的那家店，外觀看起來是兩層樓的咖啡廳，再加上粉嫩的燈光及不遠處那個寫著店名「Little Honey」可愛至極的招牌，都令他搖了搖頭，無論如何他絕對不會降貴紆尊踏進這樣的店裡！

「大家怎麼說？要回去嗎？」

「都來了，我想我們就進去喝個奶茶吧！這樣才不會沒玩到。」每個目光都轉過去看向說話的人，因為Top在群裡的形象是最花花公子的，這讓朋友們開始起疑：這個幾乎是喝酒當喝水一樣的大神，到底是什麼東西啟發他，讓他能夠做這樣的決定啊？

「喔～是要跟大刀老師的微積分去喝嗎你？」Bird，群裡的怪胎，懷疑地問。

「才沒有！是剛好看到了小喵貓美眉拿著牌子、站在店門口，說不定今晚能遇到什麼好貨。」

「你神經喔！」

「反正我們通通都單身，想幹什麼都可以吧？」

「但你可不能現在要喝奶茶啊！！！」

「我說可以就可以！快走！」

最後，大家還是禁不住Top深厚的魯小功力，決定一起開心地從酒吧移軍去喝奶茶，但誰想得到，一間氣氛看起來單純可愛、適合大學裡卡哇伊女孩們的店，但事實上，蜂擁而來的大部分卻是一群一群的男生，而且全部都是外系的男孩子。

「那裡一定有什麼好東西！我肯定！」Bird很有自信地說，他挺著胸、直接走進了店裡，剛踏不過三步，穿著貓咪裝、最可愛的女服務生就先趕緊跑過來攔人。

　　「親愛的客人，現在樓下的桌子都滿了喔，喵～」

　　「嗷！那現在要怎麼辦呢？喵！」Top立刻插了話，眼神中帶著風流的笑意，像是有什麼企圖。

　　「樓上還有空位，我等下請小狗狗帶您們上去。」

　　「太好了！！！」

　　四個血氣正盛的年輕人似乎立刻開心了起來，在為隔壁酒吧心碎不到十分鐘之後，大概只有群裡的第五個人，他看起來完全沒有要繼續待下去的意思。

　　「我先回去囉。」低音砲開口，這讓朋友們停下腳。

　　「Yuk，你搞屁啊？」

　　「我不喜歡，不是我的風格。」

　　「這也不是我的風格，但反正都來了，試一下會怎樣？坐一會兒不喜歡的話，你再滾吧！」Pluem暗自抱怨著，他清楚這個朋友的個性是怎樣：面無表情、個性衝動，但就算這樣，還是有大量的女生追著他，因為他的性格就跟小說裡的男主角一模一樣。

　　當看到自家朋友還不移動時，大家就齊心協力地又拖又拉著這個死人臉，直到成功到了樓上。

　　樓上的氣氛比樓下安靜了許多，但就算是這樣，還是有客人訂位訂到快客滿了，只剩唯一一張空桌，而可愛的小柯基服務生正搖著屁股、引領他們過去。

「天堂！這是真正的天堂！」Bird 大叫了出來。

「請給我五顆星好評！」這回，Top 笑得比之前更燦爛，他掃視了整間店，看著忙碌穿梭的女服務生看到眼花撩亂，今天才知道這家開在大學附近的店優秀得要死！

「他們弄得很像女僕咖啡廳耶！愛死惹！」

「但更優秀的是這間店有滿滿的可愛小動物！可惜沒有更多的服務，不然我一定立刻去領錢來給美眉們當小費！」

「等下我請可愛的小兔兔來點餐喔！狗狗現在要先離開一下，汪汪～」

「哇！！！有小兔兔耶～～～～」

每個人歡欣雀躍到無法在椅子上坐好，一邊指著正打開來看的飲料跟甜點菜單，一邊朋友般地問著：

「選好沒？所以要點什麼？」

「他們店裡的特調是蜂蜜，一定要點一下。」

「我也要。」

「Yuk，你要什麼？」

「一杯黑咖啡。」

「爛雞雞耶！來這麼可愛的店裡，喝個鬼黑咖啡？你這個不懂得看狀況的傢伙！」被指涉的人不反駁，只是在坐在桌邊、擺個臭臉，等到白色小兔兔走了過來，周遭喧鬧吵雜的聲音就瞬間安靜了下來。

「請讓我幫您們點餐。」聽了悅耳的嗓音讓聽得人忍不住直直盯著看。

Yuk 也一樣，他有點訝異女服務生說的小兔兔是個纖細的男生，而且外表還可愛到令人想捏他，但令人驚訝的是，即便沒有聽了覺得性感的尾音，或者搖著可愛的屁股讓人興奮，這個人還是拉走了他所有的注意力。

「這就是小兔兔嗎？好可愛！有學費了嗎？？？」Top 成了開啟話題的人，雖然他不是喜歡同性，但看著這隻小兔兔的臉，還是感覺心癢癢的。

「呃，麻煩請您們點餐。」

「你們就只顧著虧人家！啊啊，那我要……」說完就每個人依照自己的需求點了一兩樣東西，直到小兔兔圓滾滾大眼睛的注意力來到了最後這位工學院的狂野青年。

「請問這位客人要喝什麼呢？」

Yuk 沒有立刻回答，而是用視線將皮膚白皙的人從頭到腳掃了一遍：這小孩穿著白色的長袖襯衫、長褲，只有圍裙上蓬鬆的毛及兔耳髮箍是依照店裡的規定打扮，看起來並不暴露或好笑，相反地，看了覺得喜歡。

當然，他的舉動讓某個人的臉一路紅到了耳朵，於是不得不再次詢問確認，以破壞那個尷尬。

「請問這位客人需要什麼飲料呢？」

「有什麼飲料？」最終，Yuk 也開口反問，這讓朋友們感覺十分詫異。

先前說要喝咖啡，但現在卻裝模作樣地問人家！很爛欸……

「現在暢銷的是全店的新品，呃，蜂蜜思慕昔，這個品項還有

加水果進去。」

「味道怎麼樣？」

「酸酸甜甜的，但絕對好喝。」

「那就這個。」

「你現在喝這種可可愛愛的飲料囉？」

Yuk 沒有回答，只是看著站在一旁禮貌地核對點單的小兔兔。

「您們點的是三杯特調、一份棉花糖冰、一杯蜂蜜思慕昔、一份巧克力蛋白霜餅，還有一個草莓蛋糕。飲料跟甜點大概要稍等十分鐘，等下小喵貓會過來為您服務。」

「不用！」一聽完小白兔長長的一串話，Yuk 立刻出聲說。

「啊？」

「你自己來服務。」

「我……不太懂您想要……」

「讓小兔兔來服務。」

聽的人瞪大了眼睛，看了十分可愛欠捏，也讓好幾個人不禁隨之心動。

「還看？快去！等著要吃呢！」

「好的，真是抱歉。」

簡短的語氣讓小兔兔低頭道歉，心臟因害怕而顫抖，害怕到不敢再看這位學長的臉，但麻煩就出在，他需要回來上飲料，所以得回來第二次。

桌上的狀況又再次回復正常，看著群裡那個死人臉的傢伙開始喜歡這家店，大家的緊張也開始緩解了，於是他們打算再待久一

點，藉此跟小喵貓要個電話、跟小狗狗調個情，再不然虧一下小倉鼠也好。

就連 Yuk 自己也一樣，正目不轉睛地盯著某個人工作的樣子。

從走路的樣子、停下來的樣子、說話的樣子，盯著對方所有的一舉一動，盯到忍不住懷疑起自己是否開始跟朋友一樣地變態。

對一個長相一般般、皮膚也一般般的男生，為什麼他竟然會如此在意呢？

「這是蜂蜜思慕昔。」

「唉呦～～～好香喔！！」朋友 Top 是第一個開啟話題的人，就在小兔兔再次回來上飲料的時候。

「請盡情享用喔。」

「等一下啦，急著去哪？你平常都在這裡工作嗎？」反正 Top 都開話題了，Bird、Pluem 跟 Mon 都很樂於跟上。

「對，我剛來這邊打工。」

「熱情新人！全店新、人人新！」說話半句真、半句假是這傢伙的專長，因為他堅信這才是真正的花花公子應有的舉止。

「是說……底迪有電話號碼嗎？沒有的話，可以要家裡電話嗎？唉呀！」

「閉上嘴，吃你的東西！聽了討厭！」

聽到的不是小兔兔的聲音，而是 Satawat 這個朋友們娛樂的絆腳石插了話進來。最後，個子嬌小的小兔兔就從獵人的手中逃脫，立刻低頭行了禮後，趕忙往吧檯走去，連回頭看一眼也沒有。

Top 持續地碎念個不停，但在那五分鐘之後，他們又換了一個

方法去向其他服務生示好。

　　直到時間來到了午夜，是店家要關門的時間了，顧客們也一個個通通離開了，這群外表單純但心懷鬼胎的工學院也不例外，算完飲料及甜點的錢後就各自回家了，大概只剩 Yuk 假裝走向停在一邊的車，卻不願意開走，只是坐著不動。

　　一直等到整間店的燈火都關掉了，服務生們也陸陸續續地走了出來。

　　事不宜遲，兩條大長腿立刻用超越音速的速度衝了過去，趕上正在往奶油色的速克達機車前進的小個子。

　　「嘿，喂！」纖細的身軀嚇到震了一下，他轉過來看著聲音的來源，然後用手指指向自己，於是 Yuk 只能點點頭後繼續說：「對，就是你啦。」

　　「有……有什麼事嗎？如果是今天有什麼失禮的地方，我真的很抱歉。」小兔兔說著像是要哭了一樣，可愛到想把人抓來盡情搓揉一番。

　　「不是那件事。」

　　「那學長還有什麼事情嗎？」

　　「你怎麼知道是學長？」

　　「就……看到其他服務生說學長們是工學院大三的，然……然後還很有魅力，呃……」話的最後，他將眼神轉向其他方向，所以沒有看到高大的傢伙臉上掛了一個奸詐的笑容。

　　「對，我大三，那你呢？幾年級？不要跟我說你還在念小學！」

聽的人趕緊搖了搖頭，他抬起頭再次看著說話的人，然後有點怕怕地回答：

「我長大了，現在唸大一。」

「唸什麼？」

「理學院，資……資訊科學。」

「一樣，我唸資工的。」

哪裡一樣？完全不同學院！小兔兔心裡想著，但沒有說出口，好一陣子都只顧著沉浸在自己的想法裡，然後深具個人特色的低音又問：

「叫什麼名字？」

「啊？」

「你啦，叫什麼名字？」

「我叫Chayin。」

「Chayin？有什麼含意？名字奇怪得要死。」

「是勝利的意思。」

「那這輩子你有贏過什麼嗎？」小個子搖著頭，一邊嘟了嘴。名字有勝利的意思沒錯，但從出生到現在，一次都沒有見過自己的勝利。

「我什麼都輸。」

Yuk 愣了一下，但心裡又忍不住想笑。

「嗯，好。」

「那學長叫什麼？」

「為什麼我要跟你說？」

「是學長走過來，好像想認識我，所以我才……才問……」話還來不及說完，冷硬的聲音就突然插了進來。

「等一下，誰想認識你？我來問你，是想叫你不要接近我朋友，他不會喜歡你。」

Yuk 是個嘴硬的人，一看到意圖有點被別人識破了，就會盡快改變話題，這次也是一樣，外加小白兔沒有任何反抗，只是點點頭接受。

「知道了。」

「這麼說的意思是，你真的刻意接近，是嗎？」

「沒有。」

「那你承認幹嘛？」

「不知道，我……我只是害怕學長去跟經理說，然後我會被開除。我不知道自己做了什麼，讓學長這麼不滿，但……但我沒有錢了，不要趕我，嗚嗚嗚～」

在冗長的一段話結尾，工學院的冰山王子也融化成水了。

沒想到人生會遇到這樣的事情，而且他對自己正刻意要去安慰某個人而感到特別訝異。

「沒有要趕你，別哭。」

「我沒有錢了。」

「知道了，我不會跟任何人說的，但有一個條件。」

「是？」

「把你的號碼給我。」

小兔兔不接他電話！

連一次都沒有接過，他以為自己是誰啊？以為自己很重要嗎？居然敢拒接工學院大三最炙手可熱的人的電話！

Yuk在心中咒罵，看什麼東西都不順眼，這幾天來，他的情緒一直不是很穩定，雖然過去非常懂得處理自己的情緒，但自從小白兔踏了進來，他的人生就起了變化。

「今天晚上一起去Little Honey吧！」早上的課結束之後，鐵五角的五位青年就立刻走向在自己學院旁邊的工學院食堂。

「幹嘛那麼常去？你是在關心什麼？」

「我喜歡！！！」

對Top來說，就像是固定的行程一樣，昨天去、前天去、兩三天之前也去，每天都去，常去到像是店老闆的合夥人一樣，至於其他朋友偶爾也去，只是沒有太頻繁，唯有Yuk只去露過一次臉後，就沒有再降貴紆尊地踏進去過。

—或許是因為小兔兔並不是每天打工，而二是小兔兔不願意接電話。

「我今晚有『傳說對決』的約，你自己去放電吧！」Pluem結束了話題，然後立刻抬腳往空桌移動。誰知道，當各自去買完午飯回來後，Yuk的包包卻被朋友移到另一個地方了。

而那裡……坐著的人，讓他不自覺地一直把視線專注地放在對方身上。

「Yuk 來這裡！我遇到兔子學弟一個人吃飯。吼～是理學院的小大一也不說一下，一不戴兔子耳朵那些有的沒的，又是另一種的可愛。」好友們開起玩笑，於是大個子連忙將餐盤重重地放到桌上，然後量量地決定擠在好友及小兔兔的中間坐下。

「靠北，Yuk！你在搞什麼東西？」

「我想坐在這裡，剛好是下風處。」

「你現在來搞什麼亂？我要跟兔子學弟聊天！」

「呃……其實，我叫 Chayin。」

「Chayin 學弟，名字好可愛喔！」

他朋友現在的狀態就像是變態老伯伯想要吃掉比自己小超過二十歲的小朋友。

「話說，學弟沒有朋友嗎？」

「有啊，但沒有很熟或者一大群。我只顧著打工，所以……」Chayin 那些悲慘的人生大概講三天都講不完，而且他是個勤奮堅強的孩子，做了所有可以得到的工作，所以不太有朋友，因為時間都搭不上。

「那你有打什麼工呀？」這是 Yuk 的問題。

「我一、三、五在 Little Honey，二跟四在大學的書店，至於週末則有接打字的工作，以及在院上的實驗室管理器材。」

「你這還有空閒的時間嗎？」Chayin 將視線從餐盤上移開，認真地盯著問問題的人那張帥氣的臉。

「如果哪天有空檔就沒有錢賺了。」

小兔兔，再不久就可以擺脫人生中揮之不去的課題了！那個痛

苦不堪的數字！

「Chayin學弟別怕，之後學長們多去捧場，然後給你很多很多小費！」靜靜偷聽的Bird討好地說。

Chayin很自然地與大三學長們對話，他不再像第一次見面時那樣害怕了，即使不確定是什麼原因讓這群性感的男生主動靠過來認識他。

「等下要繼續上課了，先讓我溜去再買一罐可樂。」

「我也要、我也要！」

好友們開始離去，小個子也一樣，他將湯匙跟叉子一起放在盤子中間，坐著喝水喝了一會兒，之後也拿起包包揹到背後，與Yuk這個面無表情的人同一時間站了起來。

「我先走了。」

「Chayin。」纖細的身體嚇了一跳。

「學……學長……」

「我叫Yuk。」

「呃……Yuk學長。」

「你在怕我什麼？對我的其他朋友，也沒看到你在怕啊。」

「學長你喜歡裝很凶的聲音，然後還擺出一個凶臉。」

「那是性格！像你這樣孩子氣是不會懂的。總之，你今天在書店工作是吧？」

「對。」

「嗯，那先這樣，要滾就滾。」

「是是。」

「等一下！」

「嚇！！還⋯⋯還有什麼事嗎？」

「記得接電話。這次再不接，你就死定了！」

恐嚇完小朋友後，這個人就走開了，將不解混雜著恐懼丟給 Chayin 一個人⋯⋯

「他怎麼回事啊？」

「歡迎光臨。」

「呵！」喉嚨中發出的冷笑聲成為招呼。

在一家小小的書店哩，Yuk 將在櫃檯的店員從頭到腳看了一遍，前一天是小兔兔，來賣書又變成了小青蛙。

「誰叫你扮的？」

「書店老闆說，這是為了宣傳小朋友的故事書。」

「帶這種青蛙造型的髮帶喔？」

聽的人笑了笑，然後抬起手作為讓他隨意挑選書籍的邀請。

因為這間書店非常小，而且安靜到沒什麼人，於是 Yuk 覺得這是第一次他可以跟 Chayin 一對一單獨相處，書本的觸感及墨水的味道，每個地方都安靜到可以聽見腳步聲，但每一步都緩慢而穩定。

Chayin 不時偷瞥一下身穿工作服的學長，心臟從來沒有跳得那麼劇烈過。

「我要這本。」大手放了一本漫畫在櫃檯上，Chayin 立刻拿起來刷了條碼。

「這本很有趣喔。」

「誰問你了。」小個子撇嘴，一副要哭了的樣子，但Yuk的速度更快，他不想讓狀況再像那天晚上一樣哀怨，所以趕緊接著將句子說完：「開玩笑的。所以，你看過囉？」

「對呀，不要告訴老闆喔！我偷看過了。」那傢伙舉起手、掩住嘴巴，一邊可愛地講悄悄話。Yuk看著那個樣子、移不開眼睛，心臟也一樣怦怦怦地巨響。

靠……被這小孩擊中。

「你這個不乖的小孩吼。」他用冷硬的聲音說著，藉此掩飾自己些許的緊張。

「就我寂寞嘛，沒什麼事情做，所以就享受一下閱讀囉。這本是65銖。」

「包個書套。」

「漫畫的話，店裡一般是不幫忙包的，如果說……」

「加錢包書套，幫我包。喔，其實我還想要其他好幾本書，等我一下。」說完又轉身再一次往書架走去，他隨便取出了離手邊最近的書來，算了大概六本，然後放到站在收銀機附近那人的面前。

「通通幫我包。」

「學長看很多書耶，真是一隻書蟲！但這本……學長你也看嗎？」小兔兔舉起一本書，上面寫著《教你如何用床事綁住老公的心 18+》。

看的人這才想到，他整張臉都麻掉了，但還是要繼續保持酷酷的樣子。

「買去送給同學的，有什麼問題嗎？」

「沒有。」

「那就包吧！太多話，討人厭。」

Chayin 閉上嘴巴，低頭用心地幫每一本書包書套，因此 Yuk 再次得到了仔細觀察眼前人的機會：全黑的眼睛又大又圓，眼睫毛長得跟小動物一樣，搭上小巧高挺的鼻子，與好看的脣形完美搭配，怎麼看都覺得無比適合「可愛」這個詞。

「包好了。那個 Yuk 學長……你成為本店的會員了嗎？」

「還沒。」

「那要申請嗎？申請費是 100 銖，之後的消費都可以打八五折。」

「好，來。」沒想到為了跟這小孩相處得更久，他居然要投資這麼大，明明就知道這家店的會員卡還夾在錢包裡。

「這是會員的申請表。」小個子將一張紙放在面前，於是那雙銳利的眼睛就立刻瞪著另一方。

「幫我寫一下。最近不知道為什麼，手痠得要死。」

「好的。」

「名字是 Satawat Amornwatana。感情狀態，單身。」

「呃……上面沒有感情狀態的欄位，不用說也可以。」

他嘖了一下，但還是繼續往下說，一眼都沒有看向纖細的身軀正在認真在寫的那張紙。

「電話是你存的那支。LINE 是 @YukisSoCool。」

「這裡沒有 LINE 的欄位。」

「我又沒說叫你寫在哪。」

「……」

「只是說給你知道，然後加我一下。打給你也不接，傳訊息要回我一下喔！知道了嗎？」

「……」

「我問你知道了嗎？」

「知道了，嗚……」

Chayin不懂為什麼這個學長要那麼凶，而且更不懂的是，為什麼要為了聯絡而給他電話號碼跟LINE，完全搞不懂，咦？？？

「Little Honey，您好！請問客人要點……」

「照舊。」

小兔兔還沒把話說完，Yuk這個工學院的學長就已經將話堵回來了。

這不是他第二次出現。一開始只看到叫Top的學長，沒想到那廝消失不見了，然後將同夥的朋友送來、成為新的客人。

「一樣的熱咖啡是嗎？」

「嗯。」

「那請等一下喔，我很快就過來服務。」說完就離開走向吧檯後方，那邊還有兩個做飲料的服務生，Chayin將點單遞過去，然後轉身繼續去為其他桌的客人點餐。

所有的動作盡收在大個子的眼裡。原先他還問自己為什麼要做這種智障的事情，但他剛得到答案了，其實也沒有什麼原因啦，只是想這麼做。

而小個子這邊，他走去為一群女生點餐時，不經意地聽到了隔壁桌的對話。

　　「Yuk 學長是沒有約人來嗎？」外表姣好的女生開口說。不久後，坐在附近的女生就開始表達想法。

　　「應該是喔，看學長上次也是這樣一個人來。」

　　「那一定是喜歡其中一個服務生吧！沒有希望了。」說的人臉沉了下去。

　　「喜歡又怎樣？你可以一拚啊，服務生們是很可愛沒錯，但也沒有人特別漂亮，除了那個……嗓音討人厭的小喵貓。」

　　Chayin 在心裡總結聽到的事情，店裡最有名的招牌小喵貓叫 Nine，今年大二，有一張非常韓系的臉蛋，再加上波濤洶湧的胸部，讓每個人都會轉過來看她。她通常固定在二樓工作，而且往往是工學院的 Yuk 學長固定出現的日子。

　　一定不會錯！他在心裡預想著情況。

　　「Chayin，咖啡好了。」在吧檯的前輩叫他，但那傢伙卻猶豫地轉過去看著店裡的紅牌小喵貓，沒多久他就做了決定。

　　「Nine 姊，可以麻煩妳幫十七桌上個咖啡嗎？」被行禮的人轉過來微笑，一邊開口問：

　　「嗷！那你為什麼不去呢？」

　　「他好像比較想要妳去服務。」標緻的臉蛋轉過去看向十七桌，不久後，她就笑了出來，然後輕易地點頭答應。

　　Chayin 看著前輩走路的姿態直到走道的盡頭，她停下來站在桌邊，輕輕地放下咖啡杯，同時給了大個子一個甜笑，不知道他們兩

個人有沒有繼續聊什麼，因為Chayin不感興趣，只是繼續做著自己的工作。

　　Yuk賴在店裡坐了好幾個小時之久，小兔兔也必須來回走動、在那附近工作，他陸續地擦著桌子做清潔，直到靠近大個子的地方，下一秒低沉的嗓音突然默默地開口：

　　「為什麼不自己來上咖啡？」

　　「啊？」那傢伙臉上有點不解，然後才想起來，接著根據自己的理解說：「我想學長可能喜歡Nine姊，所以請她來服務。」

　　「誰是Nine？」Yuk簡短地說。

　　「就是小喵貓啊。」

　　「以後，如果我沒有要求，你不用自己幫我想。」

　　「對……對不起。」不知不覺又惹麻煩了，沒想到好意會對自己造成危險。

　　「我想要你來服務，不想要別人。」

　　「我知道了。」

　　「怎麼那麼愛哭啊？」

　　「我沒有。」

　　「不要哭給我看，我懶得安撫小鬼。」Chayin緩緩地點了點頭，趕緊吸了吸鼻涕，然後繼續低頭擦桌子。

　　Yuk看著那張與白色兔子耳朵相映的紅潤臉龐很久很久，再次回神時，店已經要關門了，他像每一次一樣要求結帳。

　　「這是學長的收據。」Chayin遞來了一張白色的紙及找零，但坐著的人卻只拿了小小一張收據而已。

「呃……Yuk學長，還有找的零錢。」

「不用了，給你當小費。」

「但這太多了，比飲料的錢還貴。這……」

「說給你就給你。」

「那我也拿去分給其他服務生喔。」

「不行！」不知道到底發出了多大的聲音，但現在所有的目光都集中到他的身上，那張帥氣的臉上滿是陰霾，無論再怎麼努力把錢遞還回去，都被拒絕了回來，Chayin最終必須不情願地將錢收入包包。

回程也跟每天一樣，小兔兔往往會看見同個工學院的學長先等在車裡了，這次不知道又有什麼事情，但他還是得要做好心理準備，給了一個笑容，希望另一方會同情而不罵他。

「要回宿舍了對嗎？」Chayin點頭。

「對。」

「那我送你。」

這次比以往更不解，沒罵人、沒有擺一張凶臉，卻自願要送人回去？

「呃……我有騎車了，還是不麻煩學長了。」

「我只是開在你後面，到你的宿舍之後，我就回去。」

「這樣的話，那就隨學長吧。」

當到目的地了，面無表情的學長卻大步跟在他屁股後面、什麼也不說。

「到了。」

「住幾號房？」

「我……我住312號，但先說，沒什麼東西好搶的，我的房間很空。」最貴的大概是破爛的筆電，存錢存了一年才買到一台，就算偷去賣也沒什麼好價格，舊物回收可能還好一點。

「隨便問問而已，你還回答那麼長。是說……」大個子停下了一會兒，「你住的宿舍不太好，看起來很危險。」

「這裡便宜，還是得跟一些缺點妥協。」

「去跟我住同一間宿舍吧。」

「……！！」一看到小個子略為睜大了眼睛，Yuk只好再強調一次，讓他明白。

「我是說真的。」

「但學長的宿舍一定很貴，我付不起的。」

「可以分期，可以週繳，不然就是遞延一個月，下個月再付也可以。」

「哇！！屋主怎麼心地這麼好？」

「不，是我先出，至於你呢，再分期還我。」

「我還是不夠錢啊。」

「有一個方法，你絕對會省很多錢。」

「要怎麼做？」

「來住我這裡。」

小白兔的生活完全變了，在工學院的學長到處跟個不停之後，一下子來等人、一下子來接、一下子又找碴，再次驚覺時，他也已

經習慣生活裡有個人來搗亂了。

今天也一樣⋯⋯

「上車。」低音的主人命令著，手還插在褲子一邊的口袋裡，同時用最酷的姿勢逼迫他。

「我可以自己去，這樣會不會太麻煩學長？」

「如果不想太麻煩我，那就搬去跟我一起住吧！」

「不太好吧。」

「那就上車。」

「欸～～不太好意思。」

「上車。」

「但是⋯⋯」

「上車！」

「是。」

最後，Yuk 異於常人的任性讓 Chayin 還是得接受另一方的建議，因為他清楚就算再爭上一整天，最後還是不可能吵贏。

以前曾經以為，就算再沒有朋友，自己也不會覺得寂寞，因為沒有多餘的時間可以用在胡思亂想上，但現在卻不一樣了，有個人走進生命裡真的很不一樣。

「今天想吃什麼？」

「那學長想吃什麼？」

「你沒有腦子想嗎？自己想！」

「要⋯⋯要⋯⋯」

「不准哭，哭了我就把你的屁股打到開花！」

「嗯⋯⋯我想吃酸辣湯麵。」

「真沒用。」

說完，大個子就把身材較矮的人拉進懷裡，花了時間摸摸後腦杓，並吸著小兔兔身上清新的味道，直到滿意，好不容易吃到晚餐的時候，那時已經是⋯⋯晚上八點了。

「明天可以請假嗎？我再付你損失的時薪。」

「為什麼要付我錢啦？而且，我不覺得有請假的必要。」

Yuk暗暗地噴了兩聲。

「你明天沒空，跟我有約了，記不得了嗎？」

「有約？」

「要去看電影啊。」

「我記得我們沒有約過。」

「就我現在在約你！趕快答應！」

「我今天不會去Little Honey，所以你要好好照顧自己。」

「好。」Chayin點頭表示知道。

「不可以看男性客人的臉！」

「我需要去點餐，怎麼可能不看臉啊？」

「用眼角看也行，不要讓我再強調一次。」

「好。」

「誰問你的名字也不准說，要電話也不准給，有人要送你回來

就立刻拒絕他。」

「好。」

「假設有人直接問你給不給追，立刻跟他說你有男朋友了！男朋友很凶，是工學院的大三，帥到他絕對比不上！你就這樣回他！」

「呃⋯⋯但我其實沒有男朋友啊，為什麼要對別人說謊？」

「吼呦！Chayin你到底有沒有搞懂過啊？我先認識你的，我定下你了！之後就會成為你男朋友了！不要問那麼多！」

「⋯⋯？」

『你在哪？』帶著害怕的低音在電話那頭響起。

「在店門口。剛好下雨了，機車發不動。嗚⋯⋯」

『OKOK，你先進店裡，我等下過去接你。』

「經理鎖門了，我進不去。」

『那你附近找有燈的地方等我，別待在陰暗、看不見的角落。現在酒吧剛關，若有人靠近的話，你要趕快躲，知道了嗎？』

「知道了。」

『我很快就到。』

「Yuk哥，你快點來喔，我⋯⋯我會怕。」

『別怕，放心吧，我來照顧你。』

沒想到，他有一天可以從最粗魯的人身上聽到這樣安心的話語。所聽到的聲音、連忙來找人的著急，以及安撫的言語跟動作，他從來沒有在誰身上得到過這些，這是第一次。

小兔兔傻傻的，他不知道前方是否會有陷阱，因為最後他還是做了決定，心甘情願地選擇走向等在另一端的那個人。這隻小兔兔啊……

　　「Yuk，現在到底是怎樣？這麼殷勤接送兔子學弟，搞到現在都把朋友拋在腦後了吼！」嘲弄的聲音從大理石矮桌傳來，Yuk一臉不爽，但還是牽著小個子的手，走過去加入大三群。

　　「你們沒有重要到需要我費心。」大個子面無表情地回答著。

　　「喔吼！」

　　「所以到底是怎樣？跟兔子學弟是認真的喔？」

　　當著面、問得那麼理直氣壯，讓Chayin不知道要躲去哪裡，只能邊聽邊臉紅。

　　「你自己問他。」嗷……既然都這樣甩鍋了，學長們也就不客氣了。再次回過神時，學長們已經像台洗衣機一樣，把所有的事情都釐清得一乾二淨了。

　　「Chayin學弟你說，跟Yuk是怎麼回事？」

　　「我不懂這個問題。」

　　「是什麼關係啊，是泛泛之交？是客人跟服務生？是學長學弟？還是情侶？」

　　聽的人瞪大眼睛、用力想，偶爾偷瞄一下坐在旁邊的人，但另一方卻裝作不以為意，所以他只好照自己的想法回答：

　　「是學長學弟。」

　　「才不是！」他說那句話的最後，一個強硬的聲音吼了出來，

吼到同群的朋友們都笑了。

「Yuk，你幹嘛？學弟都說是學長學弟了，靠你還不願意承認事實嗎？」

「我讓你再說一次！」Yuk拉住纖細的手腕，一邊盯著小個子的臉作為威脅。Chayin有點畏縮了，不知道要怎麼回答才會讓另一方滿意。他心裡有一點難過，因為就連學弟這個角色，另一方都不想讓他當。

「是……是客人跟服務生。」

「不對！再說一次。」Yuk還是重複同一句話。

「是泛泛之交也行，嗚！」

「讓你再說一次！」

「不知道了。」

「再說一次！看著我的臉，然後再回答。」Chayin惶惶不安地抬起頭、與大個子四目相接，心裡滿是疑問：怎樣才是另一方想要的？他其實想要的更多，但沒有膽說出口。

「你想要我當什麼，我就當什麼好了。」

「你說的喔。」這次，Yuk的聲音比以往溫柔許多，眼神也溫柔得像是另一個人，他將手放在另一方的後腦勺上，順了順柔軟的頭髮，然後轉過去跟好友們說：

「這小孩是我的。」

「你的是指什麼？我不懂！」Top用欠揍的聲音發問。

「不管你們還是誰，都不會有可以對他下手的一天。知道這樣就夠了。」

不用解釋太多細節，只要看眼神就知道，Chayin比誰都特別。

今天是最後一科的考試，一直以來期盼的假期又要來了。

下一年，Chayin就跟其他人一樣是真正的大二了，至於Yuk則要升上大四，成為令學弟妹們畏懼的大學長，但對於他來說，Yuk仍舊是那個在很久以前遇到的樣子。

「今天不讓你去Little Honey打工了，趕快提離職！」

「為什麼要？」

「這是命令！前幾天看到那群混蛋想追你，我忍不住了，有夠想要把他們往死裡教訓的！」

「你冷靜一點。」

「只要是你的事情，我都很著急！所以，怎麼樣？打算要離職，然後搬來我宿舍跟我一起住了嗎？」

「不要，我會不好意思。」

「都在一起了，幹嘛不好意思？」

「嗯……」

還記得那一天糊里糊塗就被問要不要交往。他那天在學校的眾目睽睽之下收到一束白色的玫瑰花，雖然看似普通，但當花束是來自像Yuk這個世界上最冷硬派的人時，一切就變得很浪漫。

其實他也一樣，從認識這個學長的時候，就已經偷偷喜歡人家了，但沒有膽說出口。當然，一個性感的男生絕對有大把的人來喜歡，而Chayin自己並不是個那麼出色的人，所以能有今天，算是運氣很站在他這邊了。

「今天考完試之後，你在學院的川堂等我，然後我來接你一起回宿舍打包東西。」

「但……」

「好好考試喔！拿到好成績的話，我有獎勵。」

「你也一樣。」

「你也要給我獎勵喔？這樣的話，如果我這學期的成績超過3.00，你就要給我獎勵嘍！」

「呃……」

Chayin還來不及做任何的拒絕，大個子學長就已經走掉了。

誰會想到，拿到好成績的獎勵會在一個月後成真，而且還以一種惡劣的方式讓他羞到不敢再與Yuk面對面。

「小孩，可以出來了，太久了。」

「我不……我可以不穿嗎？」

「搞什麼？你答應說要給我獎勵的，所以不要不甘不願了，趕快出來！」Chayin差點在浴室哭了出來，他深吸了一口氣，做了很久的心理建設之後，才用盡所有勇氣踏到外面來，而床上已經有人枕著手臂在等了。

「這好醜。」小個子用顫抖的聲音說。

「很可愛。」

Yuk說著，一邊還笑得很開心，銳利的雙眼將纖細的身體從頭到腳看了一遍，非常開心的樣子。今天的小兔子比任何一天都可愛，以前在奶茶店裡戴過的兔耳又重新被翻出來，而且這次Yuk還

惡趣味地買來了上頭綴有蓬鬆毛毛的兔女郎裝讓他穿。

　　光是在鏡子裡頭看到的樣子，就讓他羞恥到想要咬舌自盡了。

　　「小兔兔過來這邊。」

　　Chayin跨著顫抖的步伐，乖乖地走向床尾。

　　「到床上來。」

　　「我可以先……先去換衣服嗎？」

　　「不行！今天這樣很可愛了。」

　　「我會害羞。」

　　「只有我們兩個看到而已。快點，走過來一點。」小個子激動地搖搖頭，於是Yuk不想再繼續逗他了，自己上前抓住了獵物。

　　他伸手握住了纖細的腰，然後將另一方拉倒在床上，從嘴脣一路不停輾吻到白皙的脖子，小兔兔實在太可口了，以至於他真的無法忍耐。

　　「想把衣服脫掉嗎？」有點微顫的聲音問，Chayin聽到那句話時瞪大了眼睛。

　　「好。」

　　「那我幫你脫。」

　　「唔，我自己脫，去……去浴室脫。」

　　「小兔兔傻傻的，誰會放你去其他地方脫？待在床上，等下我自己幫你脫，不用擔心……」

　　而那之後，傻傻的小兔兔就被森林之王的獅子吃乾抹淨了，只能在喉嚨裡發出嗚嗚咽咽的呻吟聲，最後無力掙扎，在另一個人的懷抱裡睡得東倒西歪。

唯有Yuk還躺著、珍惜地看著那張窩在自己胸口上的紅撲撲的臉，他不清楚到底應該要比較感謝哪一件事情，是那天客滿的酒吧；還是明明不是他的喜好，卻異常想要去喝奶茶的Top；抑或是，帶他們上二樓，讓他可以遇見這個人的小喵貓。

　　無論答案是什麼，那也不再重要了。

　　他是想要吃誰都可以的森林之王，但最後，還是選擇只疼愛及欺負這唯一的一個──

　　那隻名字叫Chayin的小兔兔。

特別篇二 |

老婆大人與老公的努力

今天住宿的循環又再次輪到我家，我們兩個已經這麼做慣了，但如果哪天比較忙，就視情況調整，但相信嗎？就算是那樣，我們也不曾有哪一天晚上是沒有相擁而眠的，直到現在，我也開始習慣Yuk的存在了。

「Chayin……」

我流著口水躺在床上，然後翻過身、背對旁邊的人，無視他的煩人。

我通常每天早上都會聽到他的聲音，又溫柔、又纏綿，同時還很煩！人家要睡覺啦！

「你不餓嗎？睡到太陽都要曬屁股了！」

「我要睡覺。」

Yuk大概無話可說了，用嘴脣在我額頭上印了一個吻，然後我才感受到身旁的空虛。他往往睡飽了就會起床，大概只有我吧，總是固定睡到日上三竿。

獨立接案的工作會把人寵壞，我也一樣，在排好睡覺及工作的時間表後，我就發現自己非常「勤奮」，因為只有20%的時間在工作，其他的80%都是吃跟睡。

不要罵我喔，我現在可不是原本那個窮困的Chayin了呢！

因為我現在很有錢，歌也紅、工作也進來了，還常常像名人一樣上媒體專訪。Yuk也是一樣，他在寫作事業及自己開書店的計畫上都有進展，因此我們得在晚上的時候輪流去顧一下店。

「Chayin！Chayin幫我拿一下浴巾。」來自浴室的聲音再次將我吵醒，但還是懶得從床上爬起來。

「自己出來拿啦。」

「我身上濕濕的，不想拖地。」

「我在睡覺欸！」

「好吧，那不吵你了。」他安靜了，取而代之的是蓮蓬頭的水聲。原本還想繼續睡，但我現在醒了！大概是因為太在乎他了，所以擔心對方心裡會不舒服，於是我慢慢坐起來，揉了幾次眼睛後，下了床。

我拿出掛在衣櫃裡的浴巾，然後毫不猶豫地直接走去找他。

「喂！我拿浴巾來給你了。」

「進來吧，我沒鎖門。」

「你出來門邊拿啦！我怕弄濕。」

「那就不用了。」

欸？你這是我老公還是小孩？說！！

潛藏在Yuk的白目底下的任性，讓我必須作出開門的決定，然後走進去找全身赤裸的對方，害我立刻就紅了臉。

可惡，大剌剌地脫衣服給人家看，都不會害羞嗎？要是常看就算了，但對我來說，我還不習慣！

不想說了，從交往到現在，我們還沒有一起睡過咧！

我是指那件事啦！如果出問題的時候，不小心發生的那次不算的話，直到今天，我都還像個處男一樣，因為 Yuk 他媽的沒有碰過我，最多就只有愛撫而已。真不知道他這種忍耐力是從哪裡來的。

　　「他是不是沒有感覺了」這至今仍是我心裡懸而未決的問題。

　　「我掛在這裡喔。」

　　「Chayin 過來一下。」

　　「不要，不然會濕掉。」

　　「幫我刷一下背嘛，我手不夠長。」

　　「平常就能自己洗吼！這是你的計畫吧？」

　　「什麼計畫？」

　　「不自己拿浴巾的計畫啦！少裝了。」一被我識破，他大哥就聳了聳肩，但還是硬要跨出淋浴間，帶著狡猾的眼神朝我走了過來。

　　「喂！這裡是乾的，不要走過來喔！」

　　「那不重要，醒了就一起洗，才不會浪費時間。」

　　「我⋯⋯我想浪費時間。」

　　「哼！小孩真是膽小！」

　　對啦，我膽小，就是不想跟你一起洗澡，因為總是會賠上我自己！但要說最後我能抵抗得了嗎？答案是不！我硬被脫去衣服、抓去一起洗澡，洗到全身無力，好不容易能爬出浴室的時候，幾乎要筋疲力盡了。

　　「等下做早餐時，你想吃什麼都做給你吃。」

　　當人家老公就是得像他這樣啦。

　　「想吃涼拌蛇肉，不然就是重口味的涼拌碎豬肉。」

「你是人還是妖怪啊？可以幫忙選個平常人會吃的東西好嗎？」跟你在一起就不正常了好嗎？

「那看你想弄什麼吧！等下我去幫你。」

「先把頭髮吹乾！身體不舒服就麻煩了。」

「你自己的頭髮也還沒乾吼！」

「放它自然乾就好，但你的早餐可不能慢慢弄，不然小孩會餓死。」

「可以不要那麼懂嗎？駒～～」

Yuk 笑笑地走去廚房，而我則從抽屜拿出吹風機、把頭髮吹乾。等到吹完頭髮，我就聽見外面傳來聊天的聲音。

好奇到底誰一大早就來打擾，所以我馬上跑了出去。沒想到，翹腳坐在客廳沙發上的那個人，居然是那個世界上跟我最要好的中二友人！

「死 Bird ！！！！！」

「是在叫你爸喔？討人厭！」

我跑去用愛把他抱緊，緊到他那副裝飾用的太陽眼鏡掉落到地面上。

我們好久沒見面了，從那天算起應該有剛好一年了。打去問什麼時候要回來，Bird 總是迴避，直到前幾天聊天時，他才終於說大約是下週後要回泰國，但沒想到，他卻先冒了出來，給了個驚喜！

「混蛋！先放開我！你老公在那邊，可以給他留點面子嗎？」大怪胎把我推開，自己整理了一下衣服後，我們就興奮地坐下來開始聊天。

「你不是說下禮拜嗎？」

「剛好我老婆跟同事去參加研討會，我太寂寞，所以就改票先回來了。」

「靠！！太好了！」

「對了，我有帶禮物。」說完他就伸手打開背來的背包，拿了一樣東西遞給我。

「吼～～是愛馬仕的皮帶！」Chayin這小子真是太有福氣了！

「是A貨喔！見有人拿來賣，說做得跟真的一樣，不會被抓到，所以就想起你。」

「去死！」

「是說，之前買給你那個舊的Coach錢包去哪了？」

「收好在櫃子裡。」

「沒在用囉？」

「Yuk買了新的，比較貴，所以就用了。」

「呿！」

那是LV啊！誰不用就傻了，而且我們還是一對的，Yuk的是黑色，而我的則是咖啡色，超配的！

「反正你都來了，就一起吃早餐吧！」

「好，剛好餓了。我一把行李拿回家放好就來找你了！幹，肚子咕嚕咕嚕叫呢！」

「那你等一下。」

我走向大個子站著的廚房流理台，Yuk正忙著製作簡單的早餐，就像我們平常一樣，不過剛好今天有朋友一起吃，所以比以往

的每一天都特別。

「我幫你喔。」

「去跟Bird聊天吧！這裡我自己弄。」他聲音平穩地說。

「不要，我要幫你，怕你會太累。」

「你在這裡的話，我會更累。」

可惡！要不是知道這個人是我男朋友，我可能會以為他是上輩子的冤親債主！剛認識的時候有多白目，現在就還是一樣白目，沒有改變過！

「別板著一張臉，都已經沒有以前可愛了。」喔吼！日子一久，就露出本性了！

「誰會跟你一樣『帥死乳牛、帥暈水牛』啦！」

「你說得沒錯！」有夠自戀的！

尤其是最近越來越紅了，書賣得不要不要的，新開的書店也廣受歡迎，因為YukYin的粉絲們絡繹不絕地跟來朝聖，某天一踏進店裡就聽到小小的尖叫聲，立刻覺得有點吃醋，我承認他這種殺手的風格真的很帥啦，所以不喜歡有太多人來喜歡他。

這是真實存在的矛盾，至少在我心中是這樣啦。

「對了，我還有一件事沒說：我後天想約朋友們聚一聚喔！已經訂好了一間店了，讓大家可以來打招呼一下。」Bird的大吼聲從客廳傳來，我搔了搔頭，然後才意識到他在說什麼。

「OK，那Yuk可以一起去嗎？」

「可以啊！還有我以前認識的外校朋友一起，像Ryu跟JJ。」

「很好，想跟朋友碰面很久了。」現在都很難得見上一面。老實

說，我已經厭倦 Top 的臉了，三不五時地冒出來，工作也不做、老婆也不找，就只顧著寄生在我的生活！

「我可以幫你打蛋到碗裡嗎？」Bird 一安靜，我就轉回來繼續關心身旁的人。

「好。」

「可以加點調味料嗎？」

「看你。」

「其實，我早上可以幫你做早餐喔，我們換一下，你去倒一下牛奶。」我平常唯一的任務就是倒牛奶，實在是個花不到什麼力氣的工作。

「我怕你會累。」

「哪會累！偶爾輪流一下。」一直以來，他幾乎扮演了所有的角色，是伴侶、廚師及行動 ATM，就快要跟小七一樣了，缺什麼都要去找 Satawat！

兩三樣早餐很快就做好了，是簡單、不浮誇的家常菜色：一人一份歐姆蛋、香腸、培根、火腿，還有麥片跟牛奶，會讓人飽到下一餐。

我們邊吃邊聊著各種話題，Bird 這次回來有好多事情要講，就連吃飽後，他自願幫忙洗碗，仍繼續講個不停，但誰想得到，他最後卻把話題繞回了我身上。

「你跟 Yuk 也交往要一年了，所以你們親熱過了沒啊？」

「問這什麼鬼問題？」

「嗷！就看你對老公還有害羞的時候，但平常別人都不會這樣了，我就看穿啦。所以到底是怎樣？說來聽聽。」

「沒什麼。」

「沒什麼是沒有親熱過喔？」

「換個話題吧！」

「欸？？怎麼會？快說！從你說發生過關係的那天之後，你們還有過嗎？」

我沒有回答，只是搖搖頭代替，立刻出現了長長的嘆氣聲。我不知道在Bird的眼裡會不會覺得我們這對有什麼問題，但對我跟Yuk來說……現在很幸福，只是沒做那件事而已。

「真的喔？」

「那沒有那麼重要啦。」

「說真的，要說這件事不重要也不對喔，性愛是伴侶生活的一部分，你們沒試過怎麼會知道合不合。」

「那要我怎樣啦？我也不敢直接跟Yuk開口啊。」

「撒嬌啊。」

「去死！」我都做過了啦，但Yuk就他媽的聖人啊！不知道他是不是外面有別人，我開始懷疑了。

「認真問你，你有沒有跟他聊過這件事？」

「有，但因為那時候我很害怕，一切發生得太出乎意料，所以Yuk就覺得我還惦記著那天的事情，但明明不是這樣的。」它已經過去了，我沒有執著在上面，而是選擇只記得過去美好的事情，但對方看似還沒理解，所以咬著牙忍耐了很長的一段時間。

而我不知道他要為了我忍到什麼時候。

「你不用擔心，我來幫你處理。」

「死 Bird，你想幹嗎？」

「相信我吧！」

Bird 現在的笑容看起來真夠可怕的！我不知道他現在在思考什麼，但既然都答應了，那就試看看吧。

我這輩子還沒有這樣幹過呢！想一個征服自己男友的計畫，我是瘋了嗎？

老友的聚會辦在一家餐酒館，這次 Bird 下了重本，特地為朋友群包下了店裡的一區，因此，在去見大家之前，必須先用心打扮。

「是要挑到明天嗎？」帶著諷刺的聲音傳進了耳裡，我轉過去看著坐在床尾的人，一邊很快地回嘴。

「就我想帥帥的啊，這樣人家才會來招呼我。」

「好笑。」誰跟他一樣啊？他怎麼穿都很好看，就算調整成香蕉田裡的殺手風格也一樣，不管出現在哪，通殺！

他很自豪，如果撇除 Ryu 長得同等帥的話，唉～～～

「穿白色還黑色的衣服好？」我撥著掛在衣櫃裡的衣服，一邊思考著。

「怎樣都很可愛。」

「你喜歡什麼樣子啊？」

「我喜歡你不穿的樣子。」

「混蛋！」

我自己挑也行，問了也只會跟每次一樣得到變態的答案。

最後還是照喜好穿了白色的襯衫，至於Yuk則穿了一件oversize的黑色T恤。我們在晚上九點時抵達店裡，那裡已經有幾個朋友先坐著等了，其中之一是Top。

「來了來了，等超久！」看似招呼的句子插了進來。

我們兩個走過去併桌，Top對這件事比誰都開心，至於Bird則正忙著打電話找還沒到的朋友們。

「好想你們兩個人喔，已經三天沒見了呢！」

「但我煩死你那張衰臉了，Bird！好好工作，不要只出現在我家！」

「什麼啊？你們兩個能相愛，有一部分不就是因為我嗎？不要假裝忘光了好嗎？」說完他就立刻拿起酒精飲料來喝。

「我沒有忘，我是覺得煩！」

「好啦，這樣的話，月底來讓我做個訪問吧！反正都是有名的愛侶了！」

「去問那邊的Yuk。」我不想一個人做決定。即使Top參與了我們關係的每個階段，也並不代表我要一直答應他各種要求。

問話的人將目光轉過去看著正在幫我倒氣泡水的大個子，同時大個子低聲說：

「不要。」

「有名就了不起了喔？」

「只是不想讓生活再一次混亂，跟Chayin這樣平平靜靜地過日

子就很好了。」

「我同意。」

「是～不給訪就算了！去過著你們想要的平靜生活吧！」Top裝作一臉委屈，於是我跟Yuk也裝作不在意，坐著一邊喝飲料。Yuk不想讓我喝酒，所以我也就沒想要碰了。

九點半，好友一個一個來了，聲音漸漸變得吵雜，而聊天聊到噴口水的時間也開始了。我跟Yuk各自的朋友以鳥神為中心、相談甚歡。我心裡十分不解，原來Bird曾經在外校的朋友有這麼多的聯繫喔？

有些幾乎沒見過面的人，或者不認識的人，今晚也都跑來一起交流。

「Ryu醫生來了嗎？」

「他說，會晚點到。」朋友之間相互問著，我豎起耳朵聽，但沒有說任何話。愛吃醋耶，即使曾經將不明的關係都釐清過了，但殺手大人還是沒有降低他的戒心。

「我沒有多想，只是太久沒見到Ryu，所以想聊聊天。」

「我又沒說什麼。」

「是沒說什麼，但你把我的手牽得更緊了耶！」

他不回話，但也不願意放開手。時間來到了九點四十五分，Ryu跟友人過來加入了大家，他跟每個人打了招呼後，走過來坐在我跟Yuk的附近，我們聊了大大小小的事情。

他現在快要畢業了，接下來大概會把全部時間都奉獻給工作，愛情方面則還是混沌不明，但有偷聽到友人笑說Ryu很會藏，我也

就忍不住開心，他終於敞開心房去愛一個人。

「大家都到了對嗎？」我問著Bird，他走過來坐著擦汗，一邊將酒一仰而盡。

「呃，還剩一個人，等下就來了。」

「誰啊？」

「你的特別嘉賓。」

我懷疑地皺了眉頭，最後卻在某個人露臉、過來加入大家時，不經意地叫了出來。

Momay！！

我人生中的第一個女朋友，而且還曾經是Yuk的前任。這下子，我立刻不安地轉過去看大個子的臉，雖然那傢伙沒有表現出任何緊張，但我想他心裡應該也受到不小的驚嚇。

該死的Bird！！！這就是你所謂的驚喜嗎？在數年之久沒見後，突然出現、讓我不知所措這樣？要把我跟Yuk在交往的事情告訴她，又看似怪怪的，所以只能給走過來的她一個友善的微笑。

「Top你過去一點，讓個位子給Momay。」大怪胎開口請求。

「好啊。」

欸～世上真的有地獄，因為她正坐在我的旁邊，另一邊則是Yuk跟Ryu。當我的前任跟現任同時出現、什麼也不知道地坐在一起的時候，人生就突然精彩了起來。

「嗨，Chayin！呃……嗨，Yuk。」Momay的樣子有點扭捏，但並不是因為我，而是因為另外那個人比較多。

「嗨，Momay！好幾年不見了，妳好不好？」

「很好啊，Chayin呢？」

「我也一樣。」

她還是一樣，記憶裡最可愛的樣子，即使白淨的臉上塗了化妝品，身上被衣服及飾品妝點成怎樣，但對我來說，她仍是以前的那個人。

「Chayin現在在做什麼工作呀？還是說，就寫歌而已？我跟你說喔，我也有在追你的歌，非常好聽，我空服員的朋友還說，她愛死寫歌的人了！哈哈。」她很自然地說說笑笑，所以我也忍不住跟著笑了。

「目前主要是寫歌而已啦，有時也順便去書店顧一下。」

「哇！真好！」

「那Momay呢？工作會很重嗎？聽朋友說，妳是空服員？」

「我三個月前離職了，現在正幫家裡工作。身體壞掉了，所以覺得受不了了。」一邊說，臉色一邊也沉了下來，我猜應該是真的受不了了。

她沒有再多聊什麼，就算是過去的事情也一樣，好像一切都結束在那一天，只剩下美好的回憶——當時我們彼此有好感，而且維持了很久的朋友關係。

十點半，周遭變得喧鬧，愛鬧的友人開始拿出手機拍照、留存證據，我離開椅子，東奔西跑地去各張照片裡湊熱鬧。最討厭的就是被逼著喝酒了！就算我再怎麼拒絕也拒絕不掉，只能不情願地將酒精喝下肚。

十一點，Bird這個派對動物，他以主人的身分帶領著大家裝模

作樣地跳著舞，跳到入迷忘情，就算汗流浹背也不停下來，但我因為累了，打算先回桌子坐，卻沒想到會看到自己的男友跟前任正坐著聊天，而且Ryu也不知道跟另一群朋友跑到哪去了，於是就沒有人阻擾他們。

我只能靜靜地走過去、在大個子旁邊坐下，因為我不想插在他們兩人的中間。Momay不知道是何時挪過來靠近Yuk的，兩個人中間近到沒有任何空位，就算是我前女友，但我還是會為了Yuk吃醋的好嗎？

這混蛋Bird！又替我找麻煩了！

「Chayin來了，我想問好幾次了，Chayin跟Yuk怎麼認識的呀？」一看到我走回來，她就立刻將目光轉向我。

「從Top那邊認識的，有次湊巧一起受訪。」我沒有打算再多說什麼。

「真不錯，真是好巧！」

她沒有說，她曾跟Yuk交往過，就大家自己看在眼裡，但就算知道，我大概也不會說出來。

「那你怎麼回去？」

「我朋友來附近玩，我蹭他的車來的，所以回程會叫Grab或者計程車吧。那Chayin呢？」

「剛好跟Yuk一起來，呃……」我不想開口，但為了禮貌：「要送妳嗎？」

「那就麻煩你們了。」

靠！我希望Momay拒絕的，卻得到完全相反的結果！

在午夜十二點多的時候，我們從聚會分道揚鑣，每個人都飽食了酒精及閒談的歡樂，而且還得到了手機相簿裡滿滿的照片。回家的路上，Yuk必須先開車送Momay回家。

　　我坐著不動、一句話也不說，一路上聽著後座的人跟我旁邊的人聊天。一送完人、分開後，我們就直奔家裡，而我，雖然聚會結束了，但我的情緒還沒有。

　　曾經說Yuk有多愛吃醋，但現在低頭看看自己——給你滿分十分好了。

　　「那我先去洗澡喔。」一到家就趕緊走向浴室，只希望冷水可以讓陰沉的情緒減緩一點。我沒有像以前那樣喜歡Momay了，現在唯一感受到的事情是吃自己的人的醋，還吃醋吃得很凶，但我不想說、不想被他視作無理取鬧。

　　洗完澡、換完衣服之後，我跳上床，看著另一方靜靜地走去洗澡。他處理完私事之後也像往常一樣爬上床，見狀，我就立刻閉上眼睛裝睡。

　　Bird曾說，叫我試著撒撒嬌，也許會奏效。我現在不知道自己的臉皮有多厚了，但我想試試看。

　　就從假裝把手臂勾到大個子腰上開始好了。

　　Yuk的身體僵了一下，但還是翻過來將我整個人抱住。有夠會忍的！

　　「親我一下。」我睜開眼睛，用著前所未有的綿軟嗓音說。聽的人也就懂了，他低下頭來輕輕地吻了我，然後退開。

「還沒睡喔？」

「睡不著，可以做點別的事情嗎？」不要跟別人說我做這種事……

「要做什麼？」

我沒有回答問題，但將手伸向了他睡褲的褲頭，慢慢地把手伸進去，但卻先被大手拉住了。我躺著看他的臉，馬上想哭了起來。

「你都不、不願意……對我做什麼，而且今天又遇到Momay，我怕……」怕大個子抵擋不了，而且日子一久，我也一次次地失去自信。

「你為什麼要怕？嗯？」高挺的鼻子碰觸著我的額頭，同時溫暖的手臂將我抱得更緊、緊到難以移動。

「你今天跟Momay聊天。」

「你也有聊啊。」

「你送她回家。」

「忘記是你自己提議的嗎？」

「對啦，但就算是那樣，我還是覺得Momay仍然喜歡你。」笑聲淡淡地響起，我抬起來、懷疑地看著懷抱的主人。

「她怎麼會喜歡我？我們都分手了。」

「誰知道，Momay又不知道你是別人的了！」

「吃醋喔？」

「你不也吃我跟Ryu的醋！」

「Chayin，Momay知道你是我男朋友。」

「啊……嗷？」

「一開始聊天的時候，我就說了。小孩別擔心。」好像數百噸的大石頭在眨眼間被釋放。我們平常沒什麼大問題，有不理解的事情也是立刻就會講開，不會懸在那裡，但今天卻不一樣……

　　也許是見到了前任，再加上 Bird 還來挑撥自己的情緒，所以忍不住就多想了。

　　「那樣喔……」

　　「可以睡了。」

　　「為什麼……你都沒有對我做過什麼？」

　　「因為我在等你準備好。」

　　「都一年了。」我用輕到幾乎要吞進喉嚨裡的聲音說：「我對自己沒有自信，也許你是討厭我……」

　　「Chayin……」

　　「喂，我成年很久了耶！」

　　「你這小孩吼～」他又笑，然後拉著我在床上滾了一陣子。

　　「Yuk……」

　　「不害怕了？如果痛，但我不停下來，你會很折磨喔。我不想聽到你哭、不想讓你生病時只能待在房間裡無聊，想帶你去吃好吃的東西、想要你快樂。」

　　「你不需要忍耐，你越是這樣，要我怎麼快樂得起來？」

　　「……」

　　「為什麼……我們不試一次？我不怕了，只有你還不願意放開那些恐懼。」Yuk 很愛我，也因為愛，所以忍耐了這麼長一段時間，忍到都忘了，我也會擔心他。「Yuk……」

我們靜靜地看著彼此的臉，感覺到情感正要滿溢，沉浸在想像裡好久，直到溫柔的低沉嗓音在耳朵裡迴響時，才終於被喚醒。

　　「我會對你很溫柔的。」

■■■■■■■■ **Satawat 視角** ■■■■■■■■

　　這不是我第一次嘗試要做，但卻是數不清第幾次阻止自己繼續做得更多。

　　我不知道Chayin會怎麼想，也許我輕率的行為會將糟糕的過去帶回來，那晚的所有事情都不太順利，他只是哭，哭到好可憐，過了很久才總算平復下來，還因為生病而必須在床上躺好幾天。

　　最重要的大概是深植在心裡的想法，我知道Chayin還記得一切，因此在他不在意之前，我不想太著急或者跟他要求什麼，直到今天……所有事情都變了。

　　我希望我們的伴侶生活能夠越來越好，沒有難解的問題，沒有像那時候的害怕或恐懼。今天的Chayin跟我都比原本成長了許多，稱得上是真正的大人了。

　　「不要害怕，我保證不會讓你痛。」

　　「嗯。」身下的人閉緊眼睛，認真躺好的模樣，令人忍不住想疼愛他。

　　尤其是當手移動到那個人身上睡衣的釦子時，他的身體就不禁顫抖。他先前裝作很厲害的樣子，但一來真的，卻怕到必須慢慢地溫柔安撫他。

　　「想要我停下來的話，隨時都可以說。」

　　「不要停……不可以停喔！」

　　「真是個固執的小孩！不怕自己會痛喔？」

　　「你保證過了，不會讓我痛的。」

「說的也是。」說完，我就壓下去再次吻在薄脣上。Chayin 在這件事情上不太有經驗，其實要說無知也可以，即使我們這麼常接吻，他還是像個小孩一樣，不太抓得到節奏，只是隨我帶領，而他好好地當個跟隨者。

白皙的臉微微抬起，讓親吻變得更容易，Chayin 盡可能地幫助著我，好幾次，他努力想討好我，就算動作有些不順，但他的行為還是讓看的人的心止不住地膨脹了起來。

每一顆釦子都被打開了，我慢慢地脫去他的衣服，同時我們的嘴脣仍接在一起，口腔內小巧的舌頭被糾纏逗弄了一會兒，圓滾滾的大眼睛也暗了下來，彷彿陷入了恍惚。

「小孩好可愛。」我跟他說，嘴脣移向耳垂，在那處碎吻著，然後愛憐地在臉上流連。

想要疼愛他的感覺太過熱烈，在壓抑太久之後，即將要爆發。

「Yuk，我⋯⋯我想幫你脫衣服。」他說著，一邊垂下眼睛，整張臉紅到讓我忍不住跟著笑了出來。

幹，超可愛的！管他誰忍得住，但現在哥不忍了！

我讓小個子慢慢立起來一點，他認真地想解開我睡衣的釦子，但他一邊解，手也一邊抖個不停，似乎一切都慢了下來。

「Chayin 慢慢來，不用急。」

「我很努力了，但你的釦子⋯⋯你的釦子太難開了。」好想吃掉他，要不是顧慮到他正努力想幫忙，我就咬他了。

「我不急，就算你解到明天早上也沒關係。」說是這樣說，但其實我可能會先死掉。

兩顆釦子被解開了，第三顆也正在被解開，我的呼吸聲越來越大，面前的人似乎是觀察到了，所以又比原本更慌張，最後還是沒有成功解開，而我則將衣服從頭上脫掉，然後將白皙的身體再次推回床上。

　　「時間到了，剩下的我自己來。」

　　「嗯……」

　　「但你也要幫忙。」

　　「好。」小巧的臉點了點，烏黑的髮絲來回掃著，讓人感覺興奮，並加倍想要擁有他。

　　我伸手摸著他柔軟的臉，然後低下頭親吻他白皙的肌膚，從脖子一直到身上其他的部位。Chayin發出像小貓一樣的聲音，身體不停地顫抖，在我的手撫摸過時，胸口的頂端開始變硬，他的臉有些扭曲，但仍咬牙強忍著。

　　他的眼神喚起了看的人心中的欲望，我迫不及待地從臀部拉下他的長褲，Chayin微微地曲起了腳，但沒有任何效果，最後一點屏障還是輕易地被拉掉了。

　　我將手按在他平坦的小腹上，來回摩娑了一會兒才開口問：

　　「害怕嗎？可以要我停喔！但如果繼續下去，我怕我會止不住自己。」

　　「Yuk，我……我不怕。」說著像是要哭了一樣，於是低下身去將他抱住，然後再開始新一輪的愛撫。

　　只是想讓我們的每一次都充滿美好的記憶。

　　「啊……呃！」纖細的身軀因驚嚇而抽搐了一下，他的腳稍稍

縮了一下，當我開始親吻他的腳底時，慢慢地用濕漉漉的舌頭，一點一點地向上舔弄，在每個嘴脣所到之處留下痕跡，直到躺著的人必須轉著頭，將臉埋進枕頭裡，藉此逃避我認真的眼神。

從小腿肚來到了大腿，一次一點地慢慢移動⋯⋯一點一點地來到了腿心停住，Chayin比原本更加顫抖，他試過好幾次想把腳收起來，但都被我拉得更開。

「小孩，沒什麼好害羞的。」他的身體像煮熟的蝦一樣紅，雖然我這麼說，但身下那人的身體仍是緊繃到細毛都站了起來，我在大腿內側落了吻，交換著時而狂野、時而溫柔的節奏。再次注意到的時候，充滿了艷紅的痕跡的白皙身軀已經虛軟無力到連移動的力氣都沒有了。

見狀，我毫不猶豫地用嘴巴含住他的性器，讓那人嚇得大叫出來，幾乎說不出話來。

「Yuk⋯⋯不⋯⋯不要那樣⋯⋯」

我沒有回答，仍繼續專心地做著想做的事情，開始吸吮頂端的周遭，接著將嘴巴張大去讓開始變得硬挺的性器納入口腔之中。

Chayin在喉嚨裡悶哼著，最開始時扯著床單的雙手換來輕輕地撫摸著我的頭，我知道他為了不要弄痛我而必須多忍耐，但就算是這樣，我仍然沒有想照對方意思停止動作。

「那⋯⋯不太好⋯⋯你⋯⋯我⋯⋯哈！」

悶哼聲從白皙的頸部發了出來，大腿劇烈地顫抖，身體隨著被快速套弄的節奏自然地拱了起來。

「啊⋯⋯Yuk，我⋯⋯啊⋯⋯」Chayin話還沒有說完，頭就向後

仰，在身體達到最高點時，呻吟聲嘎然而止。

　　濃白色的液體被釋放出來，弄髒了我的嘴巴還有臉，但即便如此，躺在床上顫抖的人仍努力想睜開眼睛，一邊喘著跟我說：

　　「對不起吶，抱歉。」

　　「沒關係，你沒有做錯什麼，你沒錯……」開口安慰完，就趕緊將嘴巴往下熱情地親吻對方，溫熱的舌頭交纏在一起，交換彼此的口水，我們持續地忙著做這些動作，一點也不覺得無聊，直到好不容易心滿意足了，才繼續下一步。

　　「這次會用潤滑液，你不要怕。」我在他耳邊反覆低語，而Chayin仍是一臉疑惑。

　　「潤滑液？」

　　「很久以前就準備好了，不知道過期了沒有。」

　　「你說什麼！」

　　「沒注意過嗎？放在床頭抽屜的下層。」我敢說他大概沒有開過最底下的抽屜，而且那東西還被筆記本跟好幾本睡前讀物壓住，所以從來沒對我準備的東西起過疑心。事實上，我會買來是為了有一天能夠用，那就是今天了，興奮死了！

　　潤滑液及套子被從抽屜拿了出來，我看著它們，然後決定用溫柔的聲音跟身下的人請求：

　　「我可以不用嗎？」不只說，還拿起保險套的盒子。

　　「隨……隨便你。」

　　「選你想要的。」

　　「我想要你。」

一句話就讓我像勝利一樣，想跑去陽台大喊，我原本就一直覺得Chayin很可愛了，但他一這樣渴求時，媽的比原本可愛上百倍。

　　我轉過去脫掉自己那件綁在腰上的褲子並將它丟到床尾，然後彎下身、用更溫柔一點的聲音對他耳語：

　　「乖小孩，腳打開點。」

　　「嗚，不會痛對嗎？我……我會忍耐。」

　　什麼都還沒來得及做，就趕著哭了。

　　我輕輕摸著他的頭，安慰到他好不容易平復下來之後，才去將身下那人的雙腳分開。我猜Chayin大概是覺得害羞，因為這個角度可以清楚地看見他身體的每個部位。

　　潤滑液被倒在手上，我咬著牙、非常注意不要不小心弄傷他，同一時間也一邊跟他說明，為了讓他不要慌張。

　　「我會慢慢地把手指伸進去，也許會像第一次那樣覺得不舒服，如果會痛的話，你可以抓我的手臂。」現在的Chayin就跟迷路的小動物一樣，一遇到一個可以依靠的人就不敢拒絕，他白皙的手抓著我一邊的手臂，鮮紅的嘴唇緊緊地抿在一起，等到一切準備好了之後，我才慢慢地將手指伸向後方的通道。

　　「啊！」

　　「痛的話可以叫出來，不要忍著。現在感覺怎麼樣？」

　　「不會痛，哈……我相信你。」

　　我親吻他的額頭當作獎勵，之後慢慢地增加了第二根及第三根的手指進去。

　　我們各自都在忍耐，並用了很久的時間替後穴擴張。抽泣的

呻吟聲、急促的呼吸聲，那雙漂亮的眼睛半瞇著，但當它反射燈光時，卻美麗誘人到讓看的人無法克制自己。

該死的分身開始一陣又一陣地發出脹痛的信號，而耐心似乎一次又一次地慢慢在減少。

我倒了潤滑液在手上，將自己的硬物塗抹到完全濕潤後，轉來注視著小個子，Chayin看著我的臉，甜美的臉上有些扭曲，我給了他一個微笑，直視進那雙仍舊令人墜入愛河的眼睛。

我們總是信任著彼此……

兩隻長腿再次被我分開，將硬物頂著後穴，然後咬著牙、控制著體內巨大的能量，一次一點、一次一點地推進溫暖的內腔。

「啊……哈……」

「小孩忍一下，你很棒了。」但我應該更厲害一些，因為必須要很小心，不要讓自己不經意地弄傷Chayin。

狹窄的後穴緊到難以移動，無法繼續往前進，但也一樣無法退後，大顆的汗水開始佈滿額頭，同時間透明的淚水也從他白皙的臉上流了下來。

「很痛是嗎？」我心疼地問著眼前的人。

「我會為了你忍耐，我……愛你。」

「再忍耐一下，等下就會好了，我保證。」雙手緊扣住小手，我往前傾了一些，讓分身再慢慢地往裡頭推一些，不要太過急躁。

Chayin本能地曲了身，緊繃的腳趾導致下半身不願意再讓我的分身進去。

「小孩，放鬆一點，深呼吸。」我必須放開握住的雙手，用擁抱

去安撫身下的那個人。

「我盡量，嗚。」

「很好，進入很多了。乖小孩……別怕。」

在我的分身全部沒入時，甜美的叫聲也響徹了整個房間裡，Chayin 哭得滿臉是淚，好一點是起初緊繃的身體放鬆下來了，我慢慢地從他臉上把淚水擦掉，接著將手往下將臀部固定住。

然後讓身體對著後穴，緩慢而冷靜地來回移動，牽引著分身進出，退出去之後又再次進入，就這樣持續地進行著，直到汗水開始浸濕我們兩人的身體。

Chayin 的反應開始往好的方向前進，一開始因為疼痛的叫聲開始轉變，聲音裡混雜著愉悅。他十分地配合，要他做什麼就做；讓他叫我的名字，他也叫。媽的，要是知道把小孩抓來幹這麼爽，我早就做了！

「嗯……啊！……啊……」

硬挺的進出開始順暢到可以一點一點地增加速度。Chayin 張開嘴巴、大口地將空氣吸入體內，潔白的小腹隨著我身體用力的進入而縮緊，至於後穴也開始紅腫，但沒有留下任何撕裂的傷口。

我低下身再次親吻小巧的嘴，抓到一點時機就用沙啞的聲音要求：「你想試著動動看嗎？」

「怎……怎麼做？」我看著的人帶著恐懼問道。

「在上面。」

「我做不到的，重點是……我會害羞。」那個人將臉埋進枕頭裡，以逃避突如其來的狀況襲擊，但我速度快了他一點，一發現就

立刻抱住纖細的身體,然後翻身平躺,同時兩人的下半身還繼續接在一起。

Chayin躺在我的胸口上面,嘴巴還碎念抱怨個不停。

我沒有回嘴,只是安靜地躺著,讓硬挺更往內部深入,撐到他願意認輸。最終,纖細的身體還是咬著牙、坐直了起來。

「我要……怎麼做?嗚……塞滿了,肚子……好滿。」他像個孩子一樣在告狀。

「乖小孩,慢慢動,然後再坐下來。」

Chayin毫不反抗地照做,他好欺負的模樣激起了我所有的感官。後方通道裡的軟肉推擠著性器,讓我不自覺咬緊了牙。Chayin開始往上挪動,然後坐了下來,雖然沒有完全吃進去,但還是讓欲望滿溢了出來。

「啊……嗚……好痛……」

「忍忍吶,再下來一點。乖小孩,再一點。」我伸手抓緊他白皙的屁股,並施加一點壓力、試圖想幫助對方,讓上方那人疲憊的身軀能坐到最底。

晶瑩的眼淚不經意地流了下來,雙腳仍在顫抖,就快要抽筋了,所以我決定自己進攻。

「OK,抱緊我就好了。」我起身,將躺在床上的纖細身軀鏟了起來,之後抱著被汗水浸濕的身體走向房間的角落,將他白皙的背部靠緊牆壁,身體連在一起的部位前所未有的深入,Chayin只能緊緊地摟著我的脖子,將臉窩在我的胸口,像個筋疲力盡的人一樣喘著氣。

我又開始行動，照著節奏，抬著他的屁股上下移動，甜美的呻吟聲輕輕地響起，與肉體碰撞的聲音交替著，響徹了整個房間。

　　身上像是有微弱的電流到處流竄，引爆體內的饑渴及興奮到最大限度，我移動著臀部不停重重地來回進出，更快、更用力，帶給我懷裡抱著的纖細身軀止不住的顫抖。

　　「啊……啊……Yuk……Yuk！」

　　Chayin一次又一次地喊著我的名字，身體被擠壓到不留任何一絲空隙，炙熱的後穴隨著每一次的移動緊緊地纏著，擠壓著所有的感覺，讓它們無法再被克制。

　　環在我腰上的雙腳隨著感覺夾得更緊，我仍在不停地侵入，直到我將他帶回床上，用盡所有力氣往下壓，讓身體各個部位都融為一體，空著的手則握住了小個子的性器。

　　我開始隨著抽插的節奏套弄著它，Chayin用模糊沙啞的聲音叫著，頭在床墊上來回搖動，十隻手指緊緊戳在我的背上直到見血，被點燃的情緒仍在持續，而我們各自都看見了眼前的終點。

　　「Yuk，我……我要到了。」

　　「我們一起。」

　　我的腦海一片空白，原本清晰的畫面閃過了一道白光，同時埋在身體深處的液體也被引爆，完全被身下的人所接收。

　　我們都被流出來液體弄髒，各自喘氣喘到像隨時會死掉一樣，在躺著不動，休息了很久，我抱著他，細細地吻著他整張臉，並開口道謝。

　　「謝謝你，小孩。謝謝。」

不是所有人都可以將任何的快樂給我們，但他就是那個人。

「會痛嗎？」我又問。

「不會，我⋯⋯很舒服。」

「確定？」

「但最後的時候，你⋯⋯有點太用力了。」句子的最後，聲音逐漸變小，讓人跟著微笑。

「那我可以彌補嗎？」

「⋯⋯」

「能不能再一次？」那雙圓滾滾的大眼盯著看，他瞪大了一下眼睛，然後鼓起勇氣、自己湊向前吻了我。

「好，要珍惜我喔。」

「我本來就很珍惜你了。」

不知道那晚我們的肌膚之親開始及結束了幾次，但印象深刻的是Chayin的可愛，完全不訝異為什麼我會迷戀構成他的一切。

還清楚記得自己說過的話，也許已經過很久了，但現在的我還是有相同的感覺：就算你什麼也沒有，我還是愛你，因為你是Chayin。

▬▬▬▬▬▬▬ Satawat 視角結束 ▬▬▬▬▬▬▬

Cover by「Chayin 的人」

『Chayin，明天你生日要去哪裡慶祝？』

「啊，還沒想！讓我先問一下Yuk。」

『我提議我們去過的那間酒吧，然後請A Little Bliss來演唱。』

「誰那麼偉大？」

『很偉大啊，你幫他們寫歌耶！要約朋友，還有非常多的歌迷，盛大舉辦成為頭條，嚇壞圈內那些名人！』

「神經喔！要辦的話，也是小小的啦！幹嘛那麼誇張？」

『嗷！可是一年才一次耶！』

「不需要！晚點我先問問Yuk。」

『好啦，有什麼結論再告訴我。我先去幫你準備生日禮物。』

「你不用……」

媽的，話還沒說完，那傢伙就掛電話了。Bird總是這樣，再加上他回國以來，似乎真的很閒，帶著我到處去玩，玩到很少待在家，也有好幾次，讓擔心的Yuk必須打電話來找人，縱使我一開始就報備過了，也還是一樣。

明天是個看似不太重要的重要日子—— Chayin先生即將滿27歲——因此，他的好友對於要上哪裡去慶祝，十分地興奮，因為好久前就計畫好了，這天要無限暢飲、喝個爛醉，醉得像狗一樣歪

歪倒倒之後才能回家，但是這一切的決定權都落在Satawat少爺的身上了。

這傢伙比我爸還誇張！上次帶他回去拜見我媽，居然被委託成為了我的監護人，所以現在唯一擁有權力決定的人是他。

咔啦！

門把被轉動的聲音響起，我將注意力從手機及寫歌本上移開，再次轉向門口。

屋主回來了。因為辦公室有事情，他今天一早就趕著出門。我沒想到他會這麼早回來，於是沒準備吃的，只有櫃子裡的杯麵。

「不是說晚上才會回來？」我問著正低頭脫鞋的大個子。

「剛好要討論的企畫太長了，所以延到明天繼續談。」

「噢？那我生日咧？」

「Top告訴我，你要跟朋友開派對，不是嗎？」

「我還沒答應，還等著問你的想法。」

「可以去。」

「那你呢？」

「可能去不了了，我真的有重要的工作。」

「那你工作幾點結束？這樣我才能等你。」就算等你一起吹蠟燭也好。去年我們是一起過的，所以想每年都一樣，雖然我也知道，偶爾會有狀況不太允許的時候。

「還不確定，看怎樣我再打給你。」

碰！我的夢想碎成了一片一片。

連個確切時間都沒有，大概真的是又趕又冗長的工作了，我終

究只能接受並理解，然後把趕緊去煮麵給這傢伙解飢這件事當作第一要務。

Yuk坐在飯桌等，當簡單的食物一弄好，我就端上桌給他，但硬是找事情試探一下眼前的人。

「是說今年生日，其實誰送我什麼，我都會很高興啦。」我偷瞄他一下。

發現老公大人十分愉悅地專心吃著泡麵，就連賞老婆我一眼都沒有。

「什麼花我都喜歡，但最喜歡的應該是玫瑰。」

「……」還……還不看我。

「Ryu好像說他會來派對，他最近好像還單身。」

不在乎，仍舊繼續吃。

「是說，如果他又想追我，那會怎樣呢？就算我很愛你，但你如果不好好照顧的話，他可能會有點誤會喔。」

「小孩，夢可以醒了。最近工作很重不是嗎？去去，去休息！」

可惡！這壞心的人！我先被輕輕地推了頭、制止胡鬧，而住在作家身體裡的殺手則夾著麵條塞進嘴巴吃完，接著起身往臥室離去，留我一個人在桌邊生氣。

沒錯，變成老夫老妻以後，什麼要求都不像以前一樣了。我還記得，以前他每天都在講說，Chayin好可愛、Chayin是個好小孩，但現在卻不太在意了。

我又打給Bird一次，迅速地約好並訂好餐廳。邀請的朋友都是從中學或大學就熟的那群，先前想好的計畫還是一樣，喝酒喝到醉

成一條狗，反正爬不回來就睡死在店裡吧！

好氣自己的人生喔！都已經是我生日了，男朋友卻不在意，嗚嗚嗚。

我要打去跟媽媽告狀，藤條等你喔，Yuk！

由Bird這個心臟大顆的人負責打理的Chayin生日派對，被簡單地辦在一家小小的餐廳裡，今天的主題叫做「Chayin」，因此活動裡的所有事物都充滿了關於我的元素在裡面。

每一首播放的歌都是我寫的。

酒也是我的愛牌。

朋友也只有熟悉的那群，一切環繞著「Chayin」這個字到令人眼花。

晚上七點是派對開始的時間，無限供應的食物及飲料被送上了桌，以供自行取用，背景播放的音樂也恰當地為生日營造出了令人印象深刻的氣氛。

我打開香檳，為這次的活動拉開序幕，身邊有Top、大怪胎，還包括了在不遠處幫忙的Ryu。

鈴～

電話響起，一直在等的人打電話來了，我一看到他的電話出現在螢幕上就笑了，所以也不等了、飛快地按了接聽。

「Yuk！我在店裡了喔。你工作結束了對吧？」

『今天大概會有點晚回去，可能趕不上吹蠟燭了。』

沒想到居然是個完全相反、相差十萬八千里遠的答案。突然

間，我默默地想哭了。

　　為什麼他要在重要的日子裡忙工作啦，嗚……

　　「那你會幾點回來？」

　　『還不確定。』

　　「沒關係，別忘記吃飯，然後好好照顧自己喔。」無論如何，得先顧著身體。

　　『你也一樣，別喝醉了。我先警告過 Bird 和 Top 了，如果讓你喝醉回家，他們兩個就會變成第一具屍體！』

　　死定了，我一個人倒楣還不夠，還拉朋友一起衰。Chayin 你這真的很 Chayin style 啊！

　　「我跟朋友約好要喝得爛醉了。」

　　『可以喝，但不要喝多。』

　　「哼～」

　　『先跟我保證！』

　　「我保證。」

　　電話被掛斷了，但我還是深陷在情緒之中，直到 Ryu 出面將我拉出幻想之中。

　　「Yuk 不能來喔？」

　　「嗯。」我小聲地回答，外加擺了臭臉給他看。現在的 Ryu 已經畢業了，在原本大學裡的醫院工作，要見到面也不難，但就卡在對方不太有空就是了。

　　「這是給你的生日禮物。」大手遞了一個小小的禮物盒給我，禮物是用銀色紙包裝的，上面還繫著金黃色的緞帶。

「謝謝你啦！其實不用麻煩，特地買禮物送我啦。」

「不麻煩。」

「可以打開嗎？」

「好啊。」得到允許之後，像 Chayin 這種好奇的人也就不等了，很快地認真拆開盒子的包裝紙，裡頭還藏著一層盒子，一打開就看見，那是一支品牌十分眼熟的筆。

我帶著奇特的感覺打開盒子的上蓋，或許那是想念。

然後，沒錯⋯⋯

這是一支同品牌跟型號的筆，跟我兩年前買來送給 Ryu 當生日禮物的那支筆一模一樣，而我也後來才知道，那支筆總被 Ryu 帶在身上，無論是要替病人檢查或者寫診斷書的時候。這次，我也得拿出來使用，作為他這份用心的報答。

「真是一份抄襲我的禮物耶！」我半真半假地說，於是較高的那個人先是大笑，然後才解釋。

「很適合你。」

「怎麼說？」

「以防你幫粉絲簽名時需要。你現在有名了，不能再隨便行事了，要時時刻刻做好準備才是。」

「太用心了吧！」

「我一直都對你很用心吧！」但那個答案讓我有莫名的難過。

難道是因為我傷了他的心，才讓他不再跟別人交往嗎？大多時候，Ryu 都是做選擇的人，但有天事情不如他所望時，大概會讓他還有點難過，在名為「時間」的要素插手之下，現在我們的傷口都

各自癒合了。

「你何時才要有另一半啊？我在等呢！」

「我拿什麼時間去找另一半呀？連睡覺的時間都沒有咧！」

「朋友說你都偷偷來。」

「有一個啦，滿可愛的。」他笑著說。

「進度到哪了？」

「沒到哪。」對方聳聳肩。

「認真問，是不是因為我，讓你有不好的感覺？」

「跟你無關。其實我也不像那時候那麼喜歡你了。」

「……」

「但還記得我愛過你。」

「對不起啦。」

「你跟 Yuk 還好嗎？他對你有夠愛吃醋的！每次見到我，總是斜眼看我，靠！」Ryu 拉了不在場的人進來緩解緊繃的氣氛。

「不錯，曾經對我多白目，現在還是一樣白目。」一想到他那些無人能敵的白目英雄事蹟，頭就痛了起來，這混蛋一天到晚在要求我，尤其是那些淫蕩的事情就更不用說了，讓我忍不住被激怒了好幾次。

「真的跟你很配。」

「也是啦，以前覺得自己『簡直是天才』，直到遇見他，他搞得像我爸一樣！」

「……」

「有次一起躺在床上思考事情時，問到未來的事情，我們都對

未來的十年、二十年沒什麼清楚的計畫，只知道想做什麼就去做，抓著幸福，長長久久在一起，然後它也開始一點一點地變得清晰。」

「什麼東西變得清晰？」

「夢想。」

「什麼夢？」

「我們要一起變老的夢想。」

「我想你們兩個一定會有那一天的。」Ryu眼帶笑意地說。

「有一天你也會遇見的啦！」

「希望如此，Chayin生日快樂！」

夜晚很快就過去了，我也不知道我們聊了什麼，因為今晚的一切都太過混亂。再回過神時，已經是Top跟Bird帶我回家的時候了……

「不進來嗎？可以睡這裡啊。」我問他們兩個，看起來眼睛都快閉上了，不想讓他們開車回去。

「不了，我等下去睡Top他家，不想讓我媽看到我喝得爛醉。」

「那Top你還能開車喔？」雖然他剛才能送我回來，但還是不想讓他多冒險。

「我叫計程車吧，不開了！車先借放在你公寓好了，等酒醒了再來拿。總之，明天見啦！」

「OK，謝謝送我回來。」

「不客氣，生日快樂啊死黨！」

兩個好友搭著脖子、搖搖晃晃地往電梯走去，放我一個人在

那邊看了想笑——派對的每個人都爛醉到不成樣，大概就除了主角我，因為所有好友都謹守著Satawat少爺的禁令，所以我全部只喝了兩杯。

在Top跟怪胎好友走出視線之後，我趕緊拿出門卡感應開門。

已經是凌晨三點了，但Yuk還沒有回來。周遭漆黑一片，不像每天一樣，有人開著燈、在裡頭工作。

分開沒幾個鐘頭，但莫名地……有些寂寞。

大概是因為生日而讓我有這種感覺吧。在眾人之中接受朋友與家人的祝福，但最想要他出現的人卻沒有站在那裡。

沒有Yuk捧蛋糕、沒有Yuk說簡單的一句「祝你跟去年一樣快樂」，但我沒有生氣，我也明白工作很重而無法休息，唉……嘆氣嘆夠了，就該想新的計畫了，讓我們明天一早可以補慶祝生日。

我在黑暗中脫去鞋子，然後摸黑走向開關、打開電燈，但是映入眼簾的景象卻讓我原本慢慢跳動的心欣喜若狂了起來。

身邊全是白色及藍色的氣球，這是人生第一次看到如此盛大的驚喜，而且還是發生在自己家裡。

原本漆黑的電視螢幕上突然出現了某個人坐在中央的影像，我抬腳走到沙發上坐下，看著眼熟的帥氣臉龐正靜靜地盯著鏡頭，手上還抱著吉他，不久後，他就開口說：

「不知道要買什麼或者給你什麼當作生日禮物，所以想說試著做些你愛的事情。」

「……」

「也許沒有像你唱得好聽，但我還是想唱這首歌給你。」

「……」

「Chayin，生日快樂！」

我最愛的吉他立刻隨著大手所按的和絃發出聲音，那讓我露出了笑容，因為 Yuk 彈的那首歌是《未曾遺忘》。

歌曲在去年釋出後，就衝上了廣播的排行榜，掛了數月之久；口耳相傳的口碑，讓這首只為一個人寫的情歌紅成璀璨煙火。工作進來了、錢也進來了，生命中好一陣子的亂七八糟，總算是被導回了正途。

《未曾遺忘》被藝人及粉絲拿去翻唱了很多遍，我從 YouTube 點進去聽的次數也數不清了，但沒有任何一次感覺到的快樂比聽他唱還多。

Yuk 總是說他不喜歡唱歌，只是玩音樂解悶而已。

今天聽到深具他特色的柔和低音，我才真正知道什麼叫做悅耳動聽。

而且，沒錯！就算他唱得不好聽，我還是會盲目地稱讚他，螢幕上那張帥氣的臉龐讓我盯著不動，直到歌詞的最後一句結束，我仍舊像個瘋子一樣，在那裡坐著不動。

可惡！我哭了啦！

浪漫得要死，平常都只看到白目的部分，今天才剛見到 Satawat 少爺的另一面。

關掉電視螢幕，我起身擦去臉頰上的眼淚，慢慢地走去打開臥室的門，有個大個子已經先在裡面等著了。

「等好久了，蠟燭都要燒完了。」

我撲上去抱住他，讓那傢伙腳步不穩地往後退了兩步，手上的蛋糕歪了一點點，但好險蛋糕本身還能支撐得住。

　　我不在意蛋糕會不會弄髒，我只在乎今天想見了一整天的人，現在正站在我的面前。

　　「不是說，在工作嗎？為什麼要騙我？」

　　「真的在工作，後來趕回來要給你驚喜。」

　　「因為你不來我的生日派對，我難過了很久。」

　　「沒去派對，但我在這裡了呀！吹蠟燭吧！」是一個小小的巧克力蛋糕，上面綴了一顆櫻桃，它小得剛好適合兩個人分食。

　　「我要先許願。」

　　「隨你。」

　　希望Yuk健健康康、希望我們能一起到老。

　　是去年曾許過的願望，而且在以後的每一年，我還是要許同樣的願望。

　　蠟燭被吹熄了，大個子走過來開燈，周遭瞬間亮了起來。Yuk的狀態看起來並不好，頭髮亂亂的、臉上滿是汗水，衣服仍是早上穿去辦公室的那套，於是我明白了，為了要讓我們現在能待在一起，他需要有多累、多犧牲。

　　「非常謝謝你，我愛你！」

　　「現在很會撒嬌了喔。」

　　「才沒有撒嬌，只是發自內心而已。」

　　「我也一樣愛你。小孩生日快樂！」

　　「今年27了，不小了啦！」

「就算再多長幾歲，你還是像個小孩子一樣。」他牽著我的手，走向我們的舊飯桌，蛋糕被好好地放在桌上，還多了兩支叉子，用吃蛋糕來送別生日這一天。

「事實上，我還有一樣東西要給你。」

「嗯？今年怎麼這麼大手筆啊？」

「偶爾也要大手筆一下，才能綁住身邊的人很久很久。」

Yuk 從椅子上站了起來，他走過來藏在我背後，然後抓住我正拿著叉子的手，一件東西被套上了手指，我沒想到這會發生在自己身上。

「這個戒指是給你的。」

「……」

「要愛很久很久。」

「好。」我點頭，眼淚掉了下來，像個孩子一樣。「要愛到永遠。」

叩叩叩。

「知道了，就來開門了！」

叩叩叩。

「知道了啦！！！」

聽到死命敲個不停的敲門聲之後，我不悅地從床上起身。一開門看到門外那人的臉，就知道事情如所想的一樣——Top 站在那裡、擺著一張臭臉給我看。

「幹嘛這麼早來呀？」

「喔吼，我親愛的朋友！你睜大眼看一下時鐘，現在已經過中午了！是要國破家亡地睡到什麼時候？還是說，昨晚……」他露出揶揄的臉，將穿著睡衣的我從頭到腳看了一遍。

　　混蛋 Top 太會酸人了，有什麼異樣就會立刻被拿來嘲笑！

　　昨晚終於能睡的時候已經接近清晨了，因為 Yuk 哄說要再給一件生日禮物，但誰會想到，那件禮物讓我累到沒辦法睡覺！

　　「多嘴！進來吧。」

　　「謝啦。」

　　「來拿車嗎？」

　　「對，所以順便來看看你們兩個。Yuk 去哪了？」

　　「在睡覺。」

　　「睡著了還是死了？好好說喔～」

　　「囉嗦！是說你有吃什麼了嗎？」

　　「擔心你自己吧！我吃過了。」

　　「那 Bird 呢？沒有一起來喔？」

　　「宿醉！一具死透的屍體，Ryu 跟 J 也死掉了，只有我一個人堅強地活下來了，超強的！」真的是很強，無時無刻都能吹噓自己，即使事實上他媽的一點優點也沒有。

　　「Chayin，Chayin 來洗澡。」臥室傳來的聲音讓我轉過頭去看聲音的來源，雖然沒看到他的頭，但我知道外面那個八卦精正在找事情想笑我。

　　「我等下過去，正在跟 Top 講話。」

　　「讓他等！快點，你來幫我刷一下背啦。」

「去吧，看起來背很癢，趕快去幫他抓。」我送了面前的人一根中指，然後抬腳走進臥室。再回來的時候，Top已經不在了，而且還把門鎖好了。

媽的，莫名其妙！想來就來，要走還不說一聲。

直到某天下午，才知道Top又放肆了一回。

誰想得到，他來拿車這件事會替我跟Yuk十分平靜的生活再次帶來樂趣，因為那隻大個子在生日為我唱歌的影片被上傳到YouTube並被推廣到大眾面前。

按讚及分享的數字快速上升，讓它變成了趨勢。

但最討人厭的是這個影片的名字啦！是什麼啟發你取這個名字啦！！死TOP！！！

「《未曾遺忘》cover by『Chayin的人』」

我一邊讀著留言、一邊皺起來眉頭。大多都是稱讚他的聲音及長相，有些誇很凶的人甚至還特地為此，把 #YukYinCouple 這個Tag挖出來用。

但我不喜歡……

「喂，可以打電話叫Top把影片撤下來嗎？」因為帳號是他的，要刪就只能有求於他。

「為什麼？」

「都是一些為你尖叫的人，我不喜歡。」

「有人喜歡也不行？」

「我怕他們來追你。你經營粉專的時候，不准給人家電話或LINE喔！」

「很好笑耶，他們每個人都知道我跟你在交往。」

「不是誰都知道，有些人還不知道啊。」坐著邊滑著螢幕，心裡一邊在不高興。我懂當時歌很紅的時候，另一方吃我醋的感覺是什麼了——為什麼他這麼不想讓我出門、跟誰聊天——我也清楚地懂了……

但這哪裡適用在Satawat先生的身上了？他那張臉招蜂引蝶得要死，要是好死不死被某個人騙走，然後丟下我一個人，我該怎麼辦？我會哭死！

「別亂想，只要你不允許，沒有人可以從你這裡把我搶走的。」

「嗯……」

我努力地將擔憂拋出腦外，專心在工作上面，同時大個子自己也正埋頭趕著稿。兩個小時之後，我再次嘗試點進那支影片，它現在已經有近二十萬的觀看次數了，但更讓人傻眼的是，某個人的帳號一一地回應YouTube上的留言。

——「好帥喔！！！封你為國民老公！」

「Chayin也常這麼說。」

看他這什麼回答？也太自戀了吧！可惡！

——「以後也翻唱一些其他的歌吧！我想一直追下去～」

「不唱了，這首歌只是要唱給Chayin而已。」

──「唱歌的人有伴了嗎？？？」
「有了。」

──「哥又寫書又唱歌，好厲害！」
「Chayin不讓我唱，怕會有太多人喜歡我。」

──「Yuk哥！我是#YukYikCouple的粉絲喔！」
「別忘了去看Chayin懷孕的那篇喔，很有趣。」

　　超機車的啦！！！！人家好不容易才淡忘了，又被挖出來。我想起《No Name》在網路上更新完結篇的那天，還是很印象深刻，所有讀者都在求出書，但Yuk最後卻不出成書，故意讓《No Name》成為孤本，而我是它的所有者。

　　但同人本們賣得很高興，而且還有大量的粉絲圖，不過盡是些奇怪的故事——我能夠懷孕、當性奴、生來是高麗菜精、帶兔子耳朵成為小兔子——各式各樣的出版物遍布各處。

　　而且該死的Yuk居然還預購這些書，把它們拿回家裡看！真想踹死他！

　　我滑著手機繼續看留言，但這次卻必須停一下，因為看到了來自熟人的留言，我們合作很久了，而且關係好到像兄妹一樣。

A Little Bliss

唱得這麼好聽，當來團裡的另一個主唱吧！

我沒有預期什麼答案，但我所看到的回答卻讓我臉上帶著止不住的笑容、抬頭看著面前那個回答的人。

0832/676

沒有想再當什麼了，是「Chayin 的人」就足夠了。

作者心裡話

　　有些讀者也許還不知道這部小說的名字《MSN》是來自三個單字的縮寫，也就是 Musician、Solitude 及 Novelist，想當然耳，要表達的事情就是兩個經常獨立工作的職業有一天意外相遇的故事。

　　故事的發想起點並不是太複雜的原因，只是那陣子我想起一個詞，並且有了這個想法：或許不久之後，我就會跟「寂寞」變成好朋友。很奇怪的，當我畢了業、回到老家，朋友們都各奔東西，而我也進入全職的工作階段時，寂寞它突然就來跟我打招呼了。

　　雖然以往的我很快樂，一個人生活也沒什麼問題，但內心深處卻不太一樣了，於是我寫出了這個故事。這是我寫過的小說裡面，最簡單平凡的一本了，但至少它記錄並分享了 Yuk 跟 Chayin 這兩人之間的回憶，這兩個人是普羅大眾的代表，他們並不特別，過著跟凡人一樣的生活，有苦有樂，但我仍然希望這兩個角色能讓讀者感到快樂，或者能陪伴讀者渡過幾次的寂寞，如此一來，《MSN》這本書也算是盡到它的責任了。

　　謝謝出版團隊一直以來的照顧，讓這兩個寂寞之人的故事能圓滿落幕；謝謝一起來到最後一頁的讀者，其實這個時候，我能夠說當時的寂寞真的淡去很多了，那全是因為現在……我有你們。

愛大家

Jitti

◉高寶書版集團
gobooks.com.tw

CRS 006
MSN：Musician Solitude Novelist 下

作　　者	JittiRain
繪　　者	MAE
譯　　者	舒　宇
編　　輯	賴芯葳
美術編輯	Victoria
排　　版	賴姵均
企　　劃	方慧娟
版　　權	蕭以旻

發 行 人	朱凱蕾
出　　版	朧月書版股份有限公司
	Hazy Moon Publishing Co., Ltd
地　　址	台北市內湖區洲子街88號3樓
網　　址	gobooks.com.tw
電　　話	(02) 27992788
電　　郵	readers@gobooks.com.tw（讀者服務部）
傳　　真	出版部　(02) 27990909　行銷部 (02) 27993088
郵政劃撥	19394552
戶　　名	英屬維京群島商高寶國際有限公司台灣分公司
發　　行	希代多媒體書版股份有限公司/Printed in Taiwan
初版日期	2022年2月

Author © JittiRain
Traditional Chinese (Complex Chinese) Edition rights under license granted by Jamsai
Publishing Co., Ltd.
Traditional Chinese (Complex Chinese) Edition copyright © 2022 Global Group
Holdings, Ltd.
Arranged through JS Agency Co., Ltd., Taiwan
All rights reseverd.

國家圖書館出版品預行編目(CIP)資料

MSN：musician solitude novelist/JittiRain作；舒宇譯.
-- 初版. -- 臺北市：朧月書版股份有限公司, 2022.02
　　面；　公分. -- (CRS；5-6)

ISBN 978-626-95553-1-4(上冊：平裝). --
ISBN 978-626-95553-2-1(下冊：平裝). --
ISBN 978-626-95553-3-8(全套：平裝)

868.257　　　　　　　　　　　110020978